René Sommer   Der Wal heißt Beethoven

AF199100

Zuletzt erschienen (edition jeu-littéraire):

Das Popcorn und die Vögel. Kurzgeschichten. ISBN: 978-3-7448-6475-6

Woanderswoher. Roman. ISBN: 978-3-7460-8082-6

Das Mädchen mit rotem Hut. Kurzgeschichten. ISBN: 978-3-7528-1413-2

Play Huch. Gedichte. ISBN: 978-3-7528-2037-9

Das avocadogrüne Känguru. Kurzgeschichten. ISBN: 978-3-7481-3002-4

Alldadarin. Roman. ISBN: 978-3-7481-5764-9

René Sommer

Der Wal heißt Beethoven

Kurzgeschichten

Bibliografische Information der Deutschen Nationalbibliothek:
Die Deutsche Nationalbibliothek verzeichnet diese
Publikation in der Deutschen Nationalbibliografie;
detaillierte bibliografische Daten sind im Internet über
http://dnb.dnb.de abrufbar.

Editor Factory: ib-lyric (edition jeu-littéraire 1/4)
Author Photo: Erika Koller
Cover Image: Itta Beaux

Herstellung und Verlag:
BoD – Books on Demand, Norderstedt

ISBN: 978-3-7494-4962-0

Inhalt

Das Sternzeichen

Durch ein Marmorportal gelangt Johann Sebastian Huch in den Park. Im Schatten meterhoher Bambushalme funkelt ein Wasserspiel. Von einer Brise versprüht, bündeln Tropfen die Sonnenstrahlen, kullern als Lichtperlen die Blätter hinunter.
Eine Frau tigert mit federnden Schritten durch den Park.

- Hallo, ich bin Giulia Tullio.

Sie trägt ein mit Blumenmustern bedrucktes Kleid.
- Wollen wir uns schlafend stellen?
Huch fasst sich mit den Händen an den Kopf.
- Wie meinst du das?
Giulia lacht hellauf.
- Wir legen uns hin, schließen die Augen und warten ab, was passiert.
Sie entdeckt zwischen den Wurzeln einer riesigen Buche eine Parkbank.
- Was sagst du dazu?
Er fährt mit den Fingerspitzen über die Lippen.
- Wir könnten darauf ein bisschen Zeit verbringen.
Giulia streckt sich auf der Bank aus.
- Sie ist groß und breit. Wir haben beide bequem Platz.
Er legt sich neben sie.
- Sehe ich aus, als wäre ich müde?

7

Sie kehrt sich ihm zu.
- Überhaupt nicht. Du bist hellwach.
Huch schließt die Augen.
- Kann man auch hellmüde sein?
Giulia senkt die Lider.
- Du stellst vielleicht Fragen!
Ein Mann zieht sein Wägelchen über den Kiesweg.

- Hallo, ich bin Danilo Flack.

Er trägt einen Gehrock.
- Habt ihr eine Flasche?
Giulia richtet sich auf.
- Sammelst du Altglas?
Flack kratzt sich am Nacken.
- Ja, ich träume von kleinen und großen Flaschen.
Eine Frau läuft durch den Park.

- Hallo, ich bin Ines Manja.

Sie trägt Kniestrümpfe und bringt eine leere Colaflasche.
- Wo kann ich sie entsorgen?
Giulia deutet auf Flack.
- Danilo sammelt Altglas.
Flack verbeugt sich.
- Ich schätze vor allem Colaflaschen.
Ines hört das sanfte Plätschern vom Wasserspiel.
- Singst du auch gern?
Flack nestelt an seiner Krawatte.
- Ja. Was würdest du gern hören?

Sie reicht ihm die leere Flasche.

- Sing den Song „Hei, wenn die Gläser klingen" von Mozart.

Giulia setzt sich auf die Banklehne.

- Was ist das für eine Tonart?

Flack lässt die Flasche ins Wägelchen gleiten.

- A-Dur.

Er singt.

- Hei, wenn die Gläser klingen.

Ines neigt den Kopf.

- Ich kann nicht aufhören, dich anzusehen.

Giulia springt von der Lehne.

- Bist du ihm noch nie begegnet?

Ines bewegt sich tänzerisch.

- Nein. Ich würde gern einen Kaffee mit euch trinken.

Flack schiebt sein Wägelchen.

- Ich finde Kaffee sagenhaft anregend.

Ines huscht zur Parkbank, schaut neugierig Huch an.

- Ich hoffe, du wachst auch langsam auf.

Er öffnet die Augen.

- Warum?

Giulia presst ihre rechte Hand schmatzend gegen die Lippen und wirft ihm einen Kuss zu.

- Du bist ein Mitglied unseres Teams.

Flack geht einen Schritt zurück.

- Du gehörst dazu.

Ines balanciert über die Banklehne.

- Du bist unser Freund.

Giulias Stimme schimmert seidig.

- Wir haben eine Schwäche für dich.

Flack steht leicht nach vorne gebeugt.

- Darum stärken wir uns mit einem Kaffee.

Ines dreht sich um die eigene Achse.

- Wir sind uns einig. Ich glaube, unser Team funktioniert.

Sie gehen durch den Park. Dichte Platanen säumen den Kiesweg.

Auf einer Terrasse unter einem Sonnendach steht ein Mann hinter einer Theke.

- Hallo, ich bin Jari Keun.

Er trägt einen admiralblauen Anzug.

- In den Thermoskannen hat es fünferlei Sorten Kaffee.

Giulia streicht sich die Haare aus dem Gesicht.

- Wo sind die Tassen?

Keun neigt den Kopf zur Seite.

- Das ist eine gute Frage. Wen könnte ich kontaktieren?

Eine Frau kommt auf ihn zu und spricht ihn an.

- Hallo, ich bin Lejla Zetkin.

Sie hat ein Seidentuch um die enge Taille geschnürt und bringt goldene Tassen auf einem Tablett.

- Fehlt dir das Geschirr?

Keun streicht das Haar zurück.

- Ja.

Lejla stellt das Tablett auf die Theke.

- Ich habe genau, was ihr braucht.

Flack schnappt eine Tasse.

- Das ging aber schnell. Ich bin ziemlich überrascht.

Ines gießt Kaffee ein.

- Sollen wir uns ausruhen?

Keun schnuppert an der Tasse.

- Es wäre verrückt, eine Pause auszulassen.

Lejla spielt mit ihrer Halskette.

- Mit etwas Glück finden wir eine Liege.

Ein Mann zieht einen Leiterwagen, mit Liegestühlen beladen.

- Hallo, ich bin Konstantinos Boro.

Er trägt eine karierte Jacke.

- Ich hatte sofort Lust, euch Liegestühle zu bringen.

Giulia nimmt einen Stuhl vom Wagen.

- Das gefällt mir.

Ines klappt ihn auf.

- Ich verpasse nie eine Chance zum Relaxen.

Keun legt sich darauf.

- Ich spüre schon die Entspannung.

Lejla lässt sich in einen Liegestuhl fallen.

- Du hast mich überzeugt.

Boro stellt weitere Stühle auf.

- Macht es euch bequem.

Giulia räkelt sich behaglich.

- Das ist eine ausgezeichnete Liege.

Flack streckt seine Beine ganz aus.

- Jedes Mal, wenn ich einen Liegestuhl benütze, trinke ich den Kaffee ganz langsam. Das ist extrem beruhigend.

Ines atmet tief durch.

- Du machst uns glücklich.

Keun liegt entspannt.

- Du bist ein wundervoller Mensch.

Lejla fragt Huch.

- Warum legst du dich nicht hin?

Boro klappt einen Liegestuhl auf.

- Den habe ich extra für dich reserviert.

Huch zieht die Augenbraue kurz hoch.

- Ich möchte nochmals das Wasserspiel ansehen.

Giulia schlägt ihre Beine übereinander.

- Was für eine ausgezeichnete Idee!

Flack stützt sich mit einer Hand auf die Lehne.

- Nachher musst du dir aber auch eine Pause gönnen.

Huch spaziert durch eine Blumenwiese. Die Blüten leuchten grell pink. Er atmet den Duft.

Eine Frau streift durch den Park.

- Hallo, ich bin Marga Lipps.

Sie trägt einen Ballettdress mit Tutu.

- Kannst du ein Auge schließen?

Er winkelt die Arme an.

- Das kann ich.

Marga steht dicht neben ihm.

- Dann betrachte einmal die Blumen mit einem Auge.

Huch bedeckt ein Auge mit der Hand.

- Ich sehe sie etwas heller.

Sie probiert einen Tanzschritt.

- Hast du eine Zeitschrift dabei?

Ein Mann nähert sich mit langsam schlurfendem Gang.

- Hallo, ich bin Lewis Pick.

Er trägt einen ananasgelben Anzug, bringt ein Magazin und einen Stern zum Aufblasen.

- Sehnt ihr euch nach einer Zeitschrift?

Marga neigt den Oberkörper leicht nach vorn.

- Ja genau. Wir haben sie vermisst.

Kleine Lachfältchen kräuseln sich in seinem Gesicht.

- Was möchtet ihr denn lesen?

Sie hüpft auf und ab.

- Ich lese immer zuerst das Horoskop.

Er schlägt die Zeitschrift auf.

- Ich schaffe es, sofort die richtige Seite zu treffen.

Marga tippt ihm auf die Schulter.

- Was hast du für ein Sternzeichen?

Pick gibt ihr das Magazin zum Halten, bläst den Stern auf.

- Er hat kein Zeichen darauf.

Die wolkenweiße Taube

Ein von Efeu überwuchertes Schloss steht auf einer Anhöhe. Der Turm ist aus hellem Kalkstein. Tauben gurren auf dem Dach. Huch biegt vom ausgeschilderten Weg ab, sieht sich um.
Eine Frau schleicht sich auf Zehenspitzen an.

- Hallo, ich bin Megan Piani.

Sie trägt ein Cocktailkleid und bringt eine Dose.
- Willst du einen Glückskeks?
Ein Mann rennt aus dem Schloss.

- Hallo, ich bin Anthony Brix.

Er trägt eine randlose Brille.
- Bei euch herrscht eine glückliche Stimmung. Sie steckt mich an. Darf ich einen Keks haben?
Megan öffnet die Dose.
- Gern. Das lässt sich machen.
Brix langt zu.
- Ich erhole mich am besten mit einem Glückskeks. Zuerst lese ich den Spruch. Dann esse ich das Gebäck.
Ihr Herz schlägt schneller.
- Lies ihn laut.
Er bricht den Keks auf.

15

- Sprüche interessieren mich.

Megan stellt die Dose auf einen Steinbrocken.

- Wir sind gespannt.

Brix liest vor.

- Nicht jeder denkt daran, wie groß ein Ohr werden kann.

Sie neigt sich keck seitwärts.

- Das ist ein toller Spruch!

Er schaut zu Huch.

- Weißt du, was er bedeutet?

Eine Frau winkt schon von weitem zur Begrüßung.

- Hallo, ich bin Phoebe Hong.

Sie trägt ein langes Kleid und bringt eine Spritzkanne.

- Wollt ihr den Spruch verstehen?

Megan streift mit dem Zeigefinger über den Nasenflügel.

- Ja genau! Er beschäftigt uns.

Phoebe führt sie vor eine kalkweiße Wand.

- Ihr habt Glück.

Sie gießt Wasser. Ein Ohr sprießt aus der Wand.

- Es wächst nicht von selber. Ein bisschen Wasser braucht es schon.

Megan bebt vor Erregung.

- Das ist beeindruckend.

Brix dreht die Knie einwärts.

- Es wächst blitzschnell.

Das Ohr ist größer als ein Elefantenohr geworden.

Megan wölbt den Bauch nach vorn.

- Leider kann es nicht mit uns sprechen.

Brix winkelt den Arm ab.

- Was hört es wohl am liebsten?

Phoebe reckt erwartungsvoll das Kinn.

- Wir könnten uns über Sandwichs unterhalten. Das hören alle Ohren gern.

Ein Mann streift ums Schloss herum.

- Hallo, ich bin Giuseppe Klapp.

Er trägt eine Fliege und bringt einen Korb.

- Gerne biete ich euch feine Sandwichs an.

Megan bekommt glänzende Augen.

- Danke vielmals! Du bist freundlich.

Brix zieht beide Augenbrauen nach oben.

- Hast du auch ein Sandwich mit Hafer?

Klapp reicht ihm ein in einer Serviette eingeschlagenes Brot.

- Meinst du ein Haferbrotsandwich?

Brix packt es aus.

- Ganz genau.

Er schnuppert daran.

- Du hast ja eine riesige Auswahl.

Phoebe zieht die Oberlippe ein.

- Ich hätte gern ein Sandwich mit Haselnüssen.

Klapp langt in den Korb.

- Also ich hätte da etwas Leckeres mit Haselnusscreme. Darf ich dich damit verwöhnen?

Sie streckt die Hand aus.

- Das versuche ich gern.

Er holt es mit Schwung heraus.

- Du wirst es genießen.

Megan schiebt die Zunge zwischen die Lippen.

- Ich möchte nichts Außergewöhnliches.

Brix lächelt schlau.

- Eigentlich ist Haferbrot auch nichts Spezielles. Es ist einfach extra gut.

Phoebe konzentriert sich ausschließlich auf ihr Sandwich.

- Trotzdem, wenn du dir vorstellst, jemand geht in den Wald, sammelt eine Handvoll Haselnüsse, und dann gibt es Creme. Das ist schon etwas Besonderes.

Klapp beugt sich zu ihr.

- Hast du schon den ersten Biss genommen?

Sie springt in die Höhe.

- Ja, ich habe noch nie so etwas Gutes gegessen.

Er wendet sich an Megan.

- Ich habe einen Vorschlag für dich.

Sie hängt andächtig an seinen Lippen.

- Was empfiehlst du mir?

Klapp nimmt ein Sandwich aus dem Korb.

- Ein doppellagiges Butterbrot ist auch ganz fein.

Megan greift zu.

- Das nehme ich.

Er geht zu Huch.

- Und was darf ich dir geben?

Huch reckt sich neugierig.

- Ich würde mir gern zuerst den Schlossberg ansehen.

Klapp blinzelt verschmitzt.

- Wie du willst! Meine Sandwichs laufen nicht davon.

Brix wirbelt auf der Spitze eines Fußes herum.

- Aber komm bald zurück! Es macht mehr Spaß, gemeinsam zu essen.

Huch breitet die Hände auf Bauchhöhe aus.

- Das ist mir schon klar.

Er klettert vorsichtig über ausgetretene Steinstufen, gelangt zu einer Grasinsel auf dem hellgrauen Fels.

Eine Frau durchschreitet die Wiese mit festem, schnellem Schritt.

- Hallo, ich bin Abigail Minelli.

Sie trägt ein federweißes Kleid und bringt einen Kilosack Salz.

- Kann ich deine Hände sehen?

Seine Arme hängen von den hochgezogenen Schultern herab.

- Warum?

Ein Mann tritt energisch auf die Grasinsel.

- Hallo, ich bin Josua Kandis.

Er trägt eine Operettenuniform.

- Ich bin flexibel, kann alles zeigen.

Abigail winkt ihn heran.

- Ich möchte nur deine Hände sehen, bevor ich heirate.

Kandis dreht die Handteller nach oben.

- Wer ist dein Mann?

Sie streut einen Kreis Salz um ihn herum.

- Der Mann, der im Kreis steht.

Er stemmt den Ellbogen raus.

- Dann ist das der beste Kreis, in dem ich je war.

Abigail stellt den Sack ab.

- Wollen wir in ein Hotel gehen?

Kandis krümmt den Rücken wie ein Fragezeichen.

- Erzähl uns etwas über dieses Hotel.

Sie wippt in den Knien.

- Es steht neben einem Weizenfeld. Die Ähren sind kitzlig und bringen uns zum Lachen.

Ein heller Lichtfleck fällt auf seine Stirn.

- Da gehen wir hin.

Abigail klopft ihm auf die Schulter.

- Ich bin mächtig stolz auf uns. Wir werden richtige Hotelgäste.

Kandis blickt Huch an.

- Du bist doch auch dabei, oder nicht?

Huch drückt den Rücken ins Hohlkreuz.

- Ich bin daran, den Schlossberg zu erkunden.

Sie hebt den Sack auf.

- Gut! Dann treffen wir uns im Hotel.

Kandis legt sich die Hände auf den Kopf.

- Sei aber vorsichtig! Der Fels ist glatt.

Huch macht die Augen zu

- Danke für den Tipp! Ich passe auf.

Abigail verlässt die Grasinsel.

- Komm bald nach!

Kandis folgt ihr, schaut vor der Wegbiegung zurück.

- Wir warten auf dich.

Über eine Natursteintreppe geht Huch die Felswand hinauf. Die Sonne wärmt die Flanke des Schlossbergs.

Eine Frau lehnt sich mit angewinkeltem Bein gegen den Fels.

- Hallo, ich bin Betty Altamira.

Sie trägt eine wattierte Seidenjacke und weist auf ein mit goldenem Stoff bezogenes Sofa.
- Du kannst hier für eine Weile schlafen, wenn du möchtest.
Huch bleibt verdutzt stehen.
- Das könnte sehr behaglich sein.
Ein Mann wandelt mit am Rücken verschränkten Händen auf dem Felsweg.

- Hallo, ich bin Adam Bark.

Er trägt einen Zylinder.
- Was für ein Sofa! Darf ich mich darauf setzen?
Betty tippt auf die Lehne.
- Sitzen, liegen, du kannst tun, was du willst.
Bark setzt sich.
- Ich möchte, dass ein Vogel auf mir landet.
Sie ruft.
- Taube!
Eine wolkenweiße Taube flattert vom Schlossdach auf seinen Zylinder herab.

.

Muffins-Land

Der Fluss prescht zwischen dunklen Felswänden durch die schmale Schlucht. Huch tappt über eine wackelige hölzerne Hängebrücke.
Eine Frau spaziert am Ufer.

- Hallo, ich bin Emma Hopper.

Sie trägt ein T-Shirt mit Raubtiermuster und hat eine Kamera.
- Ich fotografiere gern.
Er hält den Kopf vorgestreckt.
- Was nimmst du auf?
Emma schielt auf den Bildschirm.
- Was mir gerade vor die Kamera läuft.
Er schreitet langsam voran.
- Das wäre also das Wasser, das unaufhaltsam strömt, wirbelt und rauscht.
Sie drückt auf den Auslöser.
- Oder dich.
Huch bleibt stehen.
- Oh, entschuldige, bin ich ins Bild getreten?
Emma späht auf den Monitor.
- Ja, zum Glück.
Ein Mann tastet sich der Felswand entlang.

- Hallo, ich bin Damon Flipp.

Er trägt eine blassblaue Hose.
- Ich habe eine libellengrüne Murmel.
Emmas Augen treten scharf aus dem Gesicht hervor.
- Zeig sie uns!
Flipp klaubt die Murmel aus der Tasche.
- Willst du sie?
Er legt sie in den Handteller.
- Sie macht dich glücklich.
Emma weist auf Huch.
- Gib ihm die Murmel!
Sie wirft einen zweiten Blick auf den Bildschirm.
- Ich habe nämlich schon Glück.
Eine Frau läuft über einen schmalen Pfad durch die Schlucht.

- Hallo, ich bin Anna Batumi.

Sie trägt eine Caprihose und hat eine Tasche umgehängt.
- Darf ich die Murmel haben?
Flipp wirft sie ihr zu.
- Es freut mich, wenn du sie nimmst.
Anna fängt sie mit der freien Hand.
- Um wie viel Uhr trifft das Glück ein?
Seine Augen blitzen.
- Schnurstracks!
Sie blickt Huch an.
- Hast du Zeit?
Er beugt sich leicht nach vorne.

- Worum geht es?
Anna zieht einen rosa Umschlag aus der Tasche.
- Öffne ihn!
Ein Mann kommt mit langsam schlurfendem Gang.

- Hallo, ich bin Hagen Woron.

Er trägt einen Pullover.
- Mir gefällt die Farbe des Umschlags.
Emma wirft ihre Haarmähne in den Nacken.
- Möchtest du ihn in die Hand nehmen?
Woron weitet seinen Gürtel und atmet tief ein.
- Ja gern, wenn ich darf.
Flipp wedelt mit den Augen.
- Das muss Anna sagen.
Sie wendet den Blick zu Woron.
- Macht es dir Spaß?
Er schwingt sinnlich die Hüfte.
- Ja natürlich. Ich träume manchmal, dass ich ein Brieföff-
ner bin.
Ein Lächeln huscht über Emmas Mund.
- Wie muss ich mir das vorstellen?
Woron knickst höflich und verbeugt sich.
- Ganz einfach. Jemand bekommt einen Brief. Ich bin zur
Stelle und mache ihn auf.
Flipp guckt Huch an.
- Willst du ihm den Umschlag geben?
Er vergewissert sich bei Anna.
- Bist du einverstanden?
Sie grinst breit.

25

- Wer könnte ihn sonst öffnen?

Woron nimmt Huch den Brief ab.

- Danke, euer Vertrauen ehrt mich.

Er reißt den Umschlag auf.

- Das Papier klingt fetzig.

Emma stellt ein Bein aus.

- Nun mach es nicht spannend. Lies vor, was im Brief steht.

Woron zieht ein Blatt aus dem Couvert, entfaltet es.

- Ich will einen Apfel.

Emma spreizt Zeigefinger und Daumen ab.

- Das freut mich. Ich habe auch gern Äpfel.

Flipp legt die Hand aufs Herz.

- Sie sind gesund.

Annas Augen werden glasig.

- Ich fühle mich gut, wenn ich einen Apfel gegessen habe.

Woron legt das Blatt zusammen.

- Der Brief kommt gut an.

Eine Frau dackelt in tänzerischen Zick-Zack-Bewegungen durch die Schlucht.

                - Hallo, ich bin Johanna Manado.

Sie trägt einen Minirock und bringt Äpfel.

- Zuerst stelle ich den Korb ab. Dann würde ich gern jemanden umarmen.

Emma legt die Kamera auf eine Felsplatte.

- Mich!

Johanna drückt sie an ihre Brust.

- Und nun kümmern wir uns ums Essen.

Flipp beugt sich vor.

- Darf ich einen nehmen?

Sie löst sich aus der Umarmung.

- Selbstverständlich. Greift zu!

Anna beißt in einen Apfel.

- Ich bin hungrig.

Woron langt mit beiden Händen in den Korb.

- Ich habe vor, 2 zu essen, wenn ich darf.

Johanna nickt freundlich.

- Es hat für alle genug.

Sie sieht Huch an.

- Auch für dich.

Er macht einen Schritt.

- Ich erkunde zuerst die Schlucht.

Emma klopft mit den Fingerkuppen auf den Korb.

- Ist gut. Wir genießen die Äpfel und kommen dann nach.

Flipp senkt den Blick.

- Der Fluss ist sauber.

Anna zeigt mit der Hand ins Wasser.

- Du kannst die Fische sehen.

Woron redet mit vollem Mund.

- Es liegt an der frischen Luft, dass ich solchen Appetit habe.

Johanna legt den Arm um Huchs Hüfte.

- Geh nicht zu weit voraus. Wir würden dich gern einholen.

Er entzieht sich und macht sich auf den Weg.

- Macht euch keine Sorgen. Ich gehe langsam.

Das Rauschen des Flusses widerhallt von den Felsen. Der Weg führt über in den Stein geschlagene Stufen und eine Metallleiter.

Ein Mann geht leicht vorgebeugt.

- Hallo, ich bin Pablo Blanco.

Er trägt einen Cowboyhut und bringt einen Sack Mehl.
- Möchtest du ein Nickerchen machen?
Huch spreizt die Finger ab.
- Im Moment gerade nicht.
Blanco öffnet den Mehlsack.
- Ich schon.
Huch fragt.
- Suchst du ein Sofa oder eine Hängematte?
Blanco schüttet Mehl auf eine Felsplatte.
- Nein, ich gehe anders vor.
Er zeichnet mit dem Finger eine Wolke ins Mehl.
- Darauf schlafe ich.
Blanco pustet. Die Wolke steigt aus dem Staub.
Er legt sich darauf.
- Ich vermute, keiner hat eine so bequeme Liege wie ich.
Huch zieht eine Braue hoch.
- Das kann jede Person anders erleben.
Er folgt dem Fluss, der die Schlucht verlässt, breiter wird,
in einen Auenwald strömt. Dicht an dicht, nur bis zu den
Zweigen sichtbar, wachsen mächtige Stämme in die Höhe.
Eine Frau durchquert den Wald mit schnellen Schritten.

- Hallo, ich bin Nele Armando.

Sie trägt ein apricot Kostüm.
- Was machst du im Wald?
Huch geht zum Ufer.
- Mich nimmt wunder, wohin der Fluss fließt.

28

Ein Lächeln fliegt über ihr Gesicht.

- Wandern macht sicher hungrig. Möchtest du ein Dessert?

Ein Mann setzt langsam einen Fuß vor den anderen.

- Hallo, ich bin Adriano Kaps.

Er trägt eine Weste.

- Ich freue mich auf etwas Süßes.

Nele blickt ihn ermunternd an.

- Was darf es denn sein?

Kaps knöpft sich die Weste auf.

- Ich hätte gern einen Muffin.

Sie richtet sich in Schrittstellung auf.

- Das kann ich euch anbieten.

Er zieht die Schultern ein.

- Hier im Wald? Oder empfiehlst du uns ein Restaurant?

Nele rupft den Kopf nach links.

- Es sind nur wenige Schritte, und wir sind im Muffins-Land.

Die Ruhe nach dem Start

Der Wald umgibt den See. Huch steht auf dem Bootssteg, lässt den Blick entspannt übers Wasser gleiten. Der stahlblaue Himmel spiegelt sich in seinem Auge. Auf einem Zweig landet eine Libelle. Eine Welle schlägt ans Ufer.
Eine Frau läuft in hurtigen Sprüngen aus dem Wald.

- Hallo, ich bin Mathilda Bonaly.

Sie trägt einen Gymnastikanzug und bringt einen Karton.
- Möchtest du ihn öffnen?
Ein Mann durchstreift die Böschung schnellen Schritts.

- Hallo, ich bin Jim Lang.

Er trägt ein Pyjama.
- Schachteln begeistern mich.
Mathilda reicht ihm den Karton.
- Wir zählen auf dich.
Lang dreht mit geschlossenen Augen eine Pirouette.
- Das Auftun macht Spaß.
Sie sticht mit dem Finger in die Luft.
- Kannst du den Deckel abnehmen?
Er öffnet den Karton.
- Ja, das ist möglich.

Mathilda deutet eine federnde Lockerungsübung an.

- Was siehst du?

Lang zieht leicht den Mundwinkel nach oben.

- Danke, dass du so freundlich fragst!

Er legt den Kopf schief.

- Wenn mich nicht alles täuscht, sind das Spielkarten.

Sie schwingt die Arme umher.

- Ich glaube, es ist Zeit, dass du die oberste herausnimmst.

Lang klaubt eine Karte aus der Schachtel.

- Wie du meinst! Fangen wir oben an.

Mathilda spreizt den kleinen Finger ab.

- Hast du eine gute Karte?

Er hält sie hoch.

- Ein Herz!

Es ist in wackligem Umriss gezeichnet und simpel gestreift, wie von einem Kind gemalt.

Sie sagt mit einem Augenzwinkern.

- Das ist eine besondere Karte. Möchtest du mir einen Gefallen tun?

Lang schaut ihr in die Augen, ohne zu blinzeln.

- Ja. Was soll ich machen?

Mathilda streicht ihm über die Schulter und das Haar.

- Schenk mir dein Herz!

Er lacht laut.

- Du meinst diese Karte?

Sie stellt sich auf die Zehenspitzen.

- Selbstverständlich! Es ist deine Karte und dein Herz.

Lang drückt sie ihr in die Hand.

- Ich tu alles für dich.

Mathilda schlägt die Augen auf.

- Ich habe gern Ananas.

Eine Frau teilt liebevoll die Zweige auseinander.

- Hallo, ich bin Frida Findeisen.

Sie trägt einen Kimono und bringt einen Teller voll Ananasstücke.

- Schaut sie euch an!

Mathilda streckt die Arme in die Luft.

- Am liebsten würde ich sie gleich essen.

Lang macht eine große, ausladende Handbewegung.

- Ich habe eine Idee. Wir setzen uns auf den Bootssteg, lassen die Füße baumeln und schieben uns Stück für Stück in den Mund.

Frida steht extrem aufrecht, leicht nach rechts gewandt.

- Die Idee gefällt mir. Wollen wir darüber abstimmen?

Mathilda grätscht die Waden nach außen.

- Ja! Ich bin dafür.

Er zeigt beim Lächeln die strahlenden Zähne.

- Danke! Jetzt habe ich schon eine Stimme auf meiner Seite.

Frida schnalzt mit der Zunge.

- Das ist großartig!

Mathilda setzt sich auf den Steg.

- Ich schlage vor, mit den Fingern zu essen.

Lang lässt sich neben ihr nieder.

- Dein Vorschlag macht mich glücklich.

Frida nimmt Platz, sieht Huch an.

- Ohne dich fangen wir nicht an.

Er tritt 2 Schritte beiseite.

- Danke für die Einladung! Ich würde gern um die Felsnase spazieren.

Mathilda schlägt elegant die Beine übereinander.

- Wir bleiben und warten auf dich.

Lang zeichnet einen Kreis mit der Hand.

- Entdeckst du gern neue Buchten?

Huch legt die Arme eng an den Körper.

- Ja genau! Deshalb mache ich mich auf den Weg.

Frida schaut ihm fest in die Augen.

- Das hat doch Zeit! Neben mir ist ein schönes Stück Steg frei. Für wen habe ich das wohl reserviert?

Ein Mann tigert auf den Steg.

- Hallo, ich bin Mikael Zacher.

Er trägt einen Jeansanzug.

- Störe ich?

Mathilda wirft die Haare über die Schulter.

- Nein, es ist angenehm, Menschen am See zu treffen.

Lang dreht den Kopf.

- Wir haben etwas Feines.

Frida bietet ihm den Teller an.

- Und genug Platz auf dem Steg.

Zacher nimmt ein Ananasstück.

- Ja, dann setze ich mich gern zu euch.

Der Weg führt über den Sand. Huch schreitet um die Felsnase.

Eine Frau trippelt tänzelnd auf ihn zu.

- Hallo, ich bin Greta Calina.

Sie trägt ein eidechsengrünes Kostüm und bringt ein Brillenetui.
- Willst du eine Informationsbrille?
Huch macht große Augen.
- Was ist das?
Greta öffnet das Etui.
- Du setzt die Brille auf. Und dann zeigt sie dir eine Information an.
Ein Mann läuft barfuß durch die Bucht.

- Hallo, ich bin Tizian Hip.

Er trägt eine Badehose.
- Ich finde es angenehm, eine Informationsbrille zu tragen.
Sie gibt ihm die Brille.
- Du wirst sehen. Sie ist exzellent.
Hip zieht die Brille an.
- Ich warte auf eine Information.
Greta legt ihm den Arm um die Schulter.
- Wen möchtest du heiraten?
Er reckt das Kinn hoch.
- Dich, wenn es möglich ist.
Sie atmet hörbar ein.
- Und? Siehst du jetzt eine Information?
Hip neigt mit dem Körper zur Seite.
- Ja! Ich sehe das Wort „ledig".
Greta rennt im Kreis.
- Die Information stimmt. Ich bin ledig.
Er wirkt verblüfft.
- Das heißt, ich könnte um deine Hand anhalten.

Sie schleudert die Arme hoch.

- Was zeigt die Brille an?

Hip rundet den Rücken.

- Eine Faust mit dem Daumen nach oben.

Greta lächelt freundlich und breit.

- Weißt du, was das bedeutet?

Seine Lippen bewegen sich kaum, während er spricht.

- Die Brille meint, es ist in Ordnung. Und was sagst du?

Sie stupst ihn an.

- Heiraten ist genau das, was ich will.

Hip nimmt die Brille ab.

- Es muss eine fröhliche Hochzeit werden. Ich möchte mit einem Tandem zur Kirche fahren.

Eine Frau schiebt ein Tandem in die Bucht.

- Hallo, ich bin Melina Eppstein.

Sie trägt eine bestickte Samtjacke.

- Schwingt euch auf die Sättel! Ihr werdet vor Freude übersprudeln.

Greta versorgt die Brille im Etui.

- Das kann ich mir vorstellen.

Hip leckt sich über die Lippen.

- Können wir losfahren?

Sie klemmt das Etui auf den Gepäckträger.

- Moment! Bin ich passend angezogen?

Er wedelt mit der Hand.

- Ja, dein Kostüm ist sportlich.

Melina lächelt mit den Augen.

- Wer sitzt vorn und lenkt?

Greta übernimmt das Tandem.

- Ich werde die Lenkstange sehr verantwortungsvoll führen.

Hip schwingt sich auf den hinteren Sattel.

- Das machst du sicher gut.

Melina ruft.

- Gute Fahrt!

Greta klingelt mit der Fahrradglocke.

- Ich bin richtig energiegeladen.

Hip tritt in die Pedale.

- Ich freue mich auf den Fahrtwind, wenn wir erst auf der Straße sind.

Sie radeln aus der Bucht.

Melina gähnt.

- Schaust du gern sportlichen Menschen zu?

Huch hält den Kopf hoch.

- Ich denke, wir sehen ihnen eher nach.

Sie schlägt die Augen nieder.

- Wie auch immer! Wir werden uns ausruhen.

Bewegende Rhythmen

Bei der Unterführungstunnelröhre steht ein Schild mit der Aufschrift.

- Entscheide dich für ein Geschenk!

Huch bummelt durch die Röhre.

Der Belag besteht aus grobem, staubigem Beton. Die Schritte hallen.

Beim Tunnelausgang tritt eine Frau an ihn heran.

- Hallo, ich bin Julia Kock.

Sie trägt eine seidenglänzende Pluderhose.

- Es sieht vorzüglich aus.

Huch streckt den Fuß spitz.

- Was denn?

Julia stellt sich auf ein Bein.

- Dein Geschenk!

Sie winkt freundlich.

- Komm mit!

Er klemmt die Mundwinkel zu einem Lächeln ein.

- Bist du sicher, dass es mein Geschenk ist?

Sie hüpft auf eine leere Straße.

- Ganz sicher! Bist du verliebt?

Huch reckt den Kopf empor.

- In wen?

Julia streicht eine widerspenstige Haarsträhne aus der

39

Stirn.

- In deine beste Freundin.

Ein großer Schrank steht auf der verblassten Mittellinie.

Aus seinem Schatten tritt ein Mann.

- Hallo, ich bin Marlin Piel.

Er trägt eine Radlerhose.

- Ich bin eigentlich ein sehr guter Verliebter.

Julia hält die Beine eng geschlossen.

- Ja, dann geh in den Schrank und hol dir dein Geschenk.

Piel öffnet die Tür.

- Danke! Ich freue mich riesig.

Sie löst das Haar aus der engen Frisur.

- Kennst du dich aus mit Schränken?

Er steigt ein.

- Nein. Muss ich mich rasieren, bevor ich eintrete?

Julia lässt das Haar im Wind flattern.

- Das ist nicht nötig.

Piel schließt hinter sich die Tür.

- Ich bin im Schrank. Und ihr?

Sie wippt mit den Füßen.

- Wir sind draußen.

Huch lässt die Schultern hängen.

- Geht es ihm gut?

Julia spitzt die Lippen.

- Möchtest du nachsehen?

Er antwortet mit einem Lächeln.

- Wir könnten ja mal den Schrank öffnen.

Sie macht die Tür auf.

- Wenn sie schon offen steht, kann ich ja auch hineinge-
hen.

Huch stellt sich auf die Zehenspitzen.

- Wieso? Ist Marlin verschwunden?

Julia springt in den Schrank.

- Natürlich! So geht es allen.

Sie schlägt die Tür hinter sich zu.

- Man tritt ein und ist weg.

Huch geht ein paar Schritte weiter.

Die Straße ist löchrig und führt durch ein Sonnenblumenfeld.

Eine Frau winkt ausgelassen mit den Armen, rennt auf ihn
zu.

- Hallo, ich bin Pia Laska.

Sie trägt einen Erdbeerpullover.

- Du bist gut gelaunt.

Huch neigt den Kopf zurück.

- Danke! Du bist auch sehr beschwingt.

Sie schmiegt die Hand um die Hüfte.

- Kannst du den Kopfstand?

Ein Mann läuft wie ferngesteuert daher.

- Hallo, ich bin Olivier Strong.

Er trägt Turnhosen.

- Die Art, wie ich den Kopfstand mache, wird sehr geschätzt.

Pia tanzt am Rand der Straße.

- Du hast eine weiche und klare Stimme. Das gefällt mir.

Strong stellt sich auf den Kopf, streckt die Beine bis in die Zehenspitzen.

- Und was sagst du zu meinem Kopfstand?

Sie deutet auf eine Sonnenblume.

- Kannst du im Kopfstand auch Pflanzen gießen?

Er kichert in sich hinein.

- Dazu bräuchte ich eine Gießkanne.

Eine Frau wandert durch das Sonnenblumenfeld.

- Hallo, ich bin Victoria Wolfbauer.

Sie trägt ein Ballerinenkleid und bringt eine Gießkanne.

- Ich habe eine schöne Kanne.

Pia winkt sie mit dem Zeigefinger herbei.

- Wir wollen dich nicht hetzen.

Strongs Ohren leuchten im Gegenlicht.

- Oder überstürzt zu etwas drängen.

Victoria hält die Beine eng zusammen.

- Worum geht es?

Pia dreht sich um die eigene Achse.

- Olivier würde gern einer Sonnenblume Wasser geben.

Er wirft ihr einen freundlichen Blick zu

- Und dabei denken wir an deine Gießkanne.

Victoria schlägt die Augenlider nieder.

- Kannst du auch aufrecht sitzen?

Strong rollt ab, setzt sich im Schneidersitz, stellt die Brust vor und macht einen Hohlrücken.

- Ja, ich bin gern aufrichtig.

Sie fragt Pia.

- Findest du auch, dass er ein Geschenk verdient hat?

Pia hüpft.

- Unbedingt. Er turnt alle Übungen, die wir ihm vorschlagen.

Strong geht zu einer Sonnenblume.

- Blumen ziehen mich an.

Um Victorias Mundwinkel zuckt links ein leises Lächeln.

- Möchtest du ein Blumenkleid?

Er kehrt in den Kopfstand zurück.

- Nein, nur deine Gießkanne.

Sie stellt die Kanne neben seinen Kopf.

- Du bist sehr bescheiden.

Pia hält sich die Hand vor den Mund.

- Ist das eine echte Metallkanne?

Strong klopft mit dem Finger ans Blech.

- Sie tönt wunderbar.

Victorias Hand wippt im Takt.

- Wenn sie voll ist, tönt der Klang etwas gedämpft.

Pia kniet nieder.

- Wenn diese Kanne am Straßenrand steht, kommt niemand an ihr vorbei, ohne ein paar Klänge zu trommeln.

Er atmet tief durch.

- Sagt ihr mir, was ich machen soll?

Victoria legt Daumen und Zeigefinger ans Kinn.

- Gern! Gib der Sonnenblume Wasser!

Pia beugt den Nacken.

- Brauchst du dazu etwas Training?

Strong gießt.

- Nein, es geht wie von selber.

Victoria schlägt die Augen auf und lächelt.

- Wenn du willst, nehme ich dir die Kanne wieder ab.

Er reicht sie ihr.

- Du bist freundlich. Ich würde gern mit dir tanzen.

Pia neigt den Kopf nach vorn.

- Im Kopfstand?

Strong rollt ab.

- Nein, ich stelle mich wieder auf die Füße.

In Victorias Stimme liegt ein leises Vibrieren.

- Zu welcher Musik tanzen wir?

Pia hüpft in vielen kleinen Sprüngen.

- Bitte sei so freundlich und mache ein paar Vorschläge.

Ein Mann trottet tagträumend auf der Straße.

- Hallo, ich bin Dimitrios Balaban.

Er trägt kürbisorange Turnschuhe und bringt ein Notenbuch.

- Meine Musik erfreut die Ohren.

Pia führt einen kleinen Freudentanz auf.

- Das beste Buch ist ein Notenbuch.

Strong zupft ihn am Ärmel.

- Können wir uns unter 4 Augen unterhalten?

Balaban tritt beiseite.

- Das halte ich für möglich.

Strong raunt.

- Ich kann keine Noten lesen.

Balaban hat ein breites Lächeln im Gesicht.

- Ich auch nicht.

Victoria schiebt die Brauen in die Stirn.

- Was tuschelt ihr da am Straßenrand?

Balaban wechselt die Straßenseite.

- Wir haben herausgefunden, dass wir etwas gemeinsam haben.

Pia beugt sich vor.

- Und was ist das? Gefällt euch das gleiche Musikstück?

Strong reißt die Arme hoch.

- Nein. Dimitrios und ich können keine Noten lesen.

Victoria dreht den Oberkörper.

- Unter uns 5 wird es doch sicher eine Person geben, die etwas mit Noten anfangen kann.

Balaban spricht Huch an.

- Wie steht es mit dir?

Er öffnet das Notenbuch. Ein Blatt nach dem anderen blättert sich von selbst um. Die Noten beginnen zu tanzen, stolpern über die eigenen Hälse.

- Das sind bewegende Rhythmen.

Die Kugel am Hang

Steil abfallende Felswände begrenzen das Tal. Huch spaziert unter Buchenbäumen. Ein Bach rauscht.
Eine Frau stöckelt eilig um die Stämme.

- Hallo, ich bin Isabella Sagmeister.

Sie trägt ein grelllila Sommerkleid, hält eine Plastiktüte in der Hand. Daraus ragt eine riesige Zimmerlinde wie ein Kleinstdschungel.
- Möchtest du die Linde?
Ein Mann geht zielstrebig auf sie zu.

- Hallo, ich bin Gianluca Ling.

Er trägt einen Smoking.
- Ich frage mich, ob ihr verheiratet seid.
Isabella lächelt stolz.
- Wie kommst du darauf?
Ling deutet auf Huch.
- Ich dachte, du würdest mit diesem Mann und der Zimmerlinde zusammenleben.
Isabella hebt leicht die Nase.
- Längst nicht jede, die mit einem Mann und einer Linde zusammensteht, ist verheiratet.
Er kräuselt die Oberlippe.

47

- Das leuchtet mir ein. Warum hast du so hohe Absätze?

Sie drückt den Rücken durch.

- Ich sehe damit größer aus.

Ling zögert einen Atemzug lang.

- Möchtet ihr etwas essen?

Isabella tippt sich mit der Fingerspitze gegen das Kinn.

- Ja gern! Ich habe Hunger.

Er blickt Huch fragend an.

- Und du?

Huch senkt die Lider.

- Ich habe im Moment keinen Appetit.

Eine Frau tritt aus dem Dickicht.

- Hallo, ich bin Anni Heisenberg.

Sie trägt einen Overall, bringt einen Campingtisch und verteilt Speisekarten.

- Wollt ihr etwas aussuchen?

Isabella stellt die Zimmerlinde ab.

- Ja, ich denke, es ist Zeit.

Ling reibt sich verwundert die Augen.

- Ist das deine Karte?

Anni beugt sich sehr weit nach vorn.

- Ja. Findet ihr sie hilfreich?

Isabelle plinkert mit den Augen.

- Gewiss. Ich schaue gern Speisekarten an.

Ling schiebt die rechte Schulter vor.

- Ich schätze deine Freundlichkeit. Du bist meine Freundin.

Anni guckt schelmisch unter dem Haar hervor.

- Habt ihr etwas gefunden?

Isabelle hält sich mit der freien Hand den Bauch.

- Ich hätte gern ein Ei.

Ling springt aufgekratzt hin und her.

- Mir würde eine Birne schmecken.

Anni hält die Hand ans Ohr.

- Sehr wohl.

Sie wirft einen Seitenblick auf Huch.

- Was darf ich für dich bestellen?

Huch baumelt mit den Armen.

- Ich möchte einen Löwen sehen.

Anni sammelt die Karten ein.

- Danke für eure Bestellung!

Ein Löwe schreitet sehr würdig durchs Tal. Er trägt einen Korb im Maul.

Isabelle greift sich das Ei heraus.

- Es lässt sich gut schälen.

Ling holt sich die Birne.

- Seht sie euch an! Der Stiel ist kurz, die Frucht lang.

Anni nimmt dem Löwen den Korb aus dem Maul.

- So kann er seine Gefühle besser ausdrücken.

Isabella hibbelt und zappelt.

- Du bist mutig.

Anni bewegt fahrig die Hand.

- Danke! Ich berühre den Löwen nie, nur den Korb.

Ling drückt die Oberschenkel zusammen.

- Wisst ihr, was gut zur Birne passt?

Isabella hebt das Kinn.

- Eigentlich alles, finde ich.

Er blinzelt.

- Das tönt etwas zu allgemein. Ich hätte gern frisch gepressten Orangensaft.

Ein Mann schlendert durchs Tal.

- Hallo, ich bin Leon Mang.

Er trägt ein froschgrünes Polohemd und bringt eine Tasche.

- Ich habe eine Orange.

Isabella spitzt die Lippen.

- Darf ich sie sehen?

Mang nimmt die Orange aus der Tasche.

- Dein Interesse freut mich.

Ling hebt seine Augenbrauen zur Mitte hin.

- Kannst du sie drehen?

Mang rollt sie über den Campingtisch.

- Selbstverständlich! Schaut sie genau an!

Anni hält mit gerecktem Hals Ausschau.

- Du hast eine gute Orange gefunden.

Mang klaubt ein Messer aus der Tasche.

- Danke! Soll ich sie in 2 Hälften schneiden?

Isabella stemmt die Hände in die Hüfte.

- Ja! Besonders interessiert sind wir am Saft.

Ling senkt den Kopf und kreuzt die Arme vor der Brust.

- Ich möchte ihn trinken.

Anni wischt sich lässig das links gescheitelte Haar aus der Stirn.

- Es dauert gewiss nicht mehr lange.

Mang holt den Entsafter hervor.

- Du hast Recht. Gleich könnt ihr den Saft genießen.

Isabella wagt kaum zu atmen.

- Du machst einen wirklich guten Job.

Ling richtet sich auf, zeigt mit dem Zeigefinger in die Luft.

- Geschickte Menschen sind sehr beliebt.

Anni strahlt Mang an.

- Ich könnte mich in dich verlieben.

Er drückt die Orange aus.

- Vielleicht nehmt ihr mich ja in eurem Team auf.

Isabella legt ihm die Hand auf die Schulter.

- Das tun wir gern.

Ling deutet auf die Tasche.

- Hast du auch Gläser mitgebracht?

Mang wendet den Kopf.

- Ja! Packt sie aus!

Anni stößt 2 leicht gegeneinander.

- Ich könnte sie Tag und Nacht klingen hören.

Isabella schaut Ling von der Seite an.

- Warum trägst du einen Smoking?

Er faltet die Hände vor der Brust.

- Ich gehe in den Laden, löse einen Gutschein ein, bekomme ein Überraschungsgeschenk, reiße die Verpackung auf. Was ist drin?

Anni stellt die Gläser auf den Tisch.

- Ein Smoking.

Mang verteilt den Saft.

- Du kannst wunderbar erzählen.

Isabella schnappt sich ein Glas und bringt es Huch.

- Du stehst abseits. Magst du nichts trinken?

Er macht sich auf den Weg.

- Ich sehe mich zuerst im Tal um. Der Bach gefällt mir.

Ling wirft die Birne wie einen Ball hoch in die Luft.

- Spazieren ist etwas, das ich von ganzem Herzen liebe.
Aber man muss sich vorher stärken.
Anni steht breitbeinig neben dem Campingtisch.
- Du meinst, etwas essen und trinken?
Er fängt die Birne auf.
- Genau! Du bringst es auf den Punkt.
Mang ruft Huch nach.
- Geh ruhig voraus. Wir kommen dann. Ich überlege mir in der Zwischenzeit, was dein Lieblingsgetränk sein könnte.
Der Löwe setzt sich neben den Korb, folgt Huch mit den Augen.
Ein Fels versperrt den Weg.
Huch weicht auf den Grashang aus. Lanzettartige Blätter und dünne Halme schimmern.
Eine Frau sitzt auf einer riesigen Metallkugel.

- Hallo, ich bin Zoe Taki.

Sie trägt eine Federboa.
- Diese Boa ist echt hübsch, oder?
Huch verschränkt die Hände auf dem Rücken.
- Ja. Bestimmt gibt sie ziemlich warm um den Hals.
Zoe lächelt so auffordernd, als gelte es keine Zeit zu verlieren.
- Möchtest du sie tragen?
Ein Mann läuft hektisch durch den Grashang.

- Hallo, ich bin Finn Brock.

Er trägt ein T-Shirt mit der Aufschrift „Huch".

- Wie legt man eine Boa an?

Sie streift sie ihm über den Hals.

- Das ist ganz einfach.

Brock wiegt den Kopf.

- Kann man diese Kugel wegräumen?

Zoe rutscht vorsichtig hinunter.

- Ja. Du musst sie nur mit dem Finger antippen.

Seine Stimme kippelt.

- Das kann ich fast nicht glauben. Sie ist doch tonnen-schwer.

Sie dreht ihr Gesicht nur ganz leicht zur Seite.

- Wir sind am Hang. Ein kleiner Anstoß reicht aus.

Brock wirft einen Blick in die Runde.

- Wer weiß außer uns, dass sie so leicht ins Rollen kommt?

Das Papierklavier

Um den Berg legt sich der Wald als wollig grüner Teppich.
Ein Fuchs kreuzt den Weg. Huch schaut ihm nach.
Eine Frau guckt verstohlen hinter einem Stamm hervor.

- Hallo, ich bin Mara Limburg.

Sie trägt eine große runde Sonnenbrille.
- Hast du auf mich gewartet?
Er reckt den Hals.
- Nein, ich wollte nur sehen, wo der Weg hinführt.
Mara deutet mit dem Daumen hinter sich.
- Kommst du nicht mit mir?
Ein Mann rennt wie entfesselt durch den Wald.

- Hallo, ich bin Noah Tann.

Er trägt einen Tropenhut.
- Glücklicherweise suchst du einen Begleiter. Ich gehe überallhin.
Sie wölbt die Lippen nach vorn.
- Du scheinst bereit zu sein.
Tann hebt mit durchgedrücktem Rücken den Kopf.
- Ja, ich bin gern zusammen unterwegs.
Mara blickt ihm direkt ins Gesicht.
- Weißt du, was eine Klangschale ist?

Er hüpft auf der Stelle.

- Sicher! Sie klingt wie ein Gong, sieht aber einer Schale zum Verwechseln ähnlich.

Eine Frau nähert sich mit federndem Gang.

- Hallo, ich bin Josefine Timmermann.

Sie trägt ein Nachthemd und bringt eine Klangschale mit Klöppel.

- Du hast die Frage richtig beantwortet.

Mara neigt den Kopf zu Tann.

- Kannst du Klangschale spielen? Ich möchte sie gern hören.

Er kauert nieder wie ein Schnellläufer vor dem Start und rennt fort.

- Nein, ich weiß nicht, wie das geht.

Josefine tastet den Wald konzentriert mit Blicken ab.

- Er ist verschwunden.

Mara betrachtet Huch.

- Zum Glück haben wir dich entdeckt.

Josefine lässt den Klöppel elegant zwischen Zeige- und Mittelfinger wippen.

- Du bist jetzt unser Klangschalenspieler.

Ein Mann kommt herbei.

- Hallo, ich bin Henri Carini.

Er trägt eine Schuluniform.

- Es freut mich, dass ihr eine Klangschale habt.

Mara stützt das Kinn in die Hand.

- Was für Instrumente spielst du?

Er sagt mit einem Lächeln auf den Lippen.

- Ich finde Klangschalen unwiderstehlich. Ich möchte sie sofort in die Hand nehmen.

Josefine gibt ihm die Schale und den Klöppel.

- Brauchst du Noten?

Henri legt die Schale auf die flache Innenhand, schlägt mit dem Klöppel gegen den oberen Rand.

- Nein, ich denke viel darüber nach, was für Songs ich spielen könnte. Und dann trage ich sie auswendig vor.

Ein hoher Ton erklingt.

Mara schnipst mit den Fingernägeln.

- Das ist genau der Klang, den ich liebe.

Josefine streicht ihm über den Oberarm.

- Gehst du in eine Schule?

Henri hebt kurz den Klöppel in die Höhe und lässt ihn wieder sinken.

- Nein, ich trage die Uniform nur, weil ich euch gefallen möchte.

Eine Frau läuft durch den Wald. Das Unterholz knackt unter ihren Füßen.

- Hallo, ich bin Pauline Pirsch.

Sie trägt ein goldenes Kleid und bringt Huch einen großen Gongschlägel.

- Möchtest du ihn kurz halten?

Er guckt verwundert.

- Im Allgemeinen spielt man die Klangschale doch mit einem Klöppel.

Mara tippt ihm auf die Schulter.

- Du hast vollkommen Recht.

Josefine hüpft auf und ab.

- Niemand verpflichtet dich, irgendetwas zu spielen.

Henri wedelt mit den Augen.

- Es geht nur darum, dass du den Schlägel für eine Sekunde hältst.

Pauline nimmt Huchs Hand.

- Er sieht zwar groß aus, ist aber ganz leicht.

Sie übergibt ihm den Schlägel.

- Du darfst ihn jederzeit fallen lassen oder weiterreichen.

Mara streicht sich über die Augenbrauen.

- Bist du verliebt in Pauline?

Huch weicht einen Schritt zurück.

- Wieso?

Josefine stößt ihm mit dem Ellbogen in die Rippe.

- Du hältst ihren Schlägel.

Henri stößt sich kräftig mit den Beinen vom Boden ab, springt in die Luft.

- Ich glaube, ihr 2 passt zusammen.

Pauline streckt Huch den Arm entgegen.

- Ich werde dich immer lieben.

Er schüttelt leicht den Kopf.

- Wen? Mich?

Sie legt ihm eine Hand auf den Rücken.

- Ja, du bist ein Gongspieler.

Er blickt sich um.

- Aber es hat gar keinen Gong hier.

Pauline zeigt einen Anflug von Lächeln.

- Ich weiß.

Sie schlägt einen Waldweg ein.

- Darum gehen wir ein paar Schritte.

Huch zögert.

- Wie wäre es, wenn Henri den Gong spielen würde?

Mara hebt ihre Brauen.

- Das ist eine schwierige Frage.

Josefine streichelt sich das Kinn.

- Wir werden darüber nachdenken.

Henri klimpert mit den Wimpern.

- Gib uns eine Minute!

Der Weg führt durch hohe, dunkle Bäume. In einem Urwald mit riesigen Farnwedeln hängt ein großer Gong am Ast einer dickstämmigen Eiche.

Pauline schiebt die Unterlippe vor.

- Wunderbar! Jetzt sind wir ganz allein.

Huch fragt mit nach hinten geneigtem Kopf.

- Wo sind die anderen geblieben?

Sie richtet die Fußspitzen leicht nach innen.

- Wahrscheinlich denken sie immer noch nach.

Er lässt die Arme seitlich hängen.

- Ist der Gong ein schwieriges Instrument?

Pauline stellt sich auf die Zehenspitzen und dreht Pirouetten.

- Möchtest du ihn einmal mit dem Schlägel berühren?

Huch hält die Hand locker flatternd in die Luft.

- Ja, das könnte ich.

Ein Mann tanzt zuckend durch den Wald.

- Hallo, ich bin Emil Sawas.

Er trägt schneeweiße Handschuhe und bringt einen Tennisball.

- Darf ich den Ball an den Gong werfen?

Pauline nickt.

- Triffst du?

Sawas holt aus.

- Der Gong ist ein sehr hübsches Ziel. Das sollte ich kaum verfehlen.

Der Tennisball prallt jedoch gegen den Ast.

Sawas fängt ihn auf.

- Ich verstehe die Welt nicht mehr. Sonst treffe ich immer.

Sie geht in die Hocke.

- Das kommt vor. Mach dir nichts draus.

Er schickt ihr den Ball.

- Willst du es einmal versuchen?

Pauline richtet die Augen auf das Ziel.

- Wenn du meinst.

Sawas spreizt Zeige- und Mittelfinger zum Victory-Zeichen.

- Ich habe Vertrauen in deine Fähigkeiten.

Sie verfehlt den Gong nur knapp.

- Hast du eine Idee, warum ich nicht getroffen habe?

Er macht ein enttäuschtes Gesicht.

- Nein, das hat alles so gekonnt ausgesehen. Ich habe mich schon auf den Treffer gefreut.

Pauline holt den Ball.

- Weder Emil noch ich haben es geschafft.

Sie geht zu Huch.

- Komm, wir tauschen. Gib mir den Gongschlägel und nimm den Ball.

Er winkelt die Arme an.

- Ihr meint, nun soll ich es versuchen?

Sawas reißt lächelnd den Mund auf.

- Ja! Du bist der geborene Tennismeister. Deine Haltung ist hervorragend.

Huch wirft den Ball.

- Danke! Das freut mich.

Er trifft.

- Ich war sicher, dass mein Wurf daneben gehen würde. Nun muss ich meine Meinung ändern.

Der Gong hallt durch den Wald.

Pauline hakt sich bei Huch ein.

- Das ist mein Lieblingsklang!

Sawas spreizt die Finger, presst sie auf die Brust.

- Wir werden ihn nie vergessen.

Eine Frau kommt mit großen Schritten.

- Hallo, ich bin Antonia Henschel.

Sie trägt eine kajalschwarze Perücke und bringt ein Papierklavier.

- Du verdienst einen Preis.

Pauline führt Daumen und Zeigefinger beider Hände zu einem Ring zusammen und legt sie wie eine Brille auf ihre Augen.

- Was ist das?

Antonia schenkt Huch einen verstohlenen Blick aus den Augenwinkeln.

- Das Papierklavier ist zum stummen Üben und Ersinnen eigener Melodien.

Der Wal heißt Beethoven

Die Überraschung

Versteckt, mitten im Wald rauscht ein Wasserfall. Huch überquert den Fluss auf einer Hängebrücke.
Am andern Ufer steigert eine Frau das Tempo ihrer Schritte.

- Hallo, ich bin Maria Obando.

Sie trägt eine Parka und bringt eine Plastikbrille.
- Willst du mehr sehen?
Ein Mann läuft pfeifend über den Uferweg.

- Hallo, ich bin Theo Zapp.

Er trägt einen malvenfarbigen Anzug.
- Das ist sicher eine wertvolle Brille. Ich vertraue dir.
Maria legt sie ihm an.
- Du darfst sie benutzen.
Theo rudert mit den Armen.
- Ich sehe alles verschwommen.
Sie legt gelassen die Hände übereinander.
- Schau genau hin! Kommt etwas auf dich zu?
Er geht langsam, tastend nach vorn.
- Ja, es ist eine Maschine.
Eine Frau eilt in kleinen Trippelschritten herbei.

- Hallo, ich bin Eva Fontana.

Sie trägt ein Matrosenkleid und zieht einen Handwagen mit einer Maschine darauf.

- Es ist bedauerlich, aber wahr. Viele Menschen haben Johannisbeeren, aber keine Cassis-Maschine.

Maria tanzt um den Wagen.

- Was kannst du mit der Maschine machen?

Eva spricht, als hätten ihre Silben jeden Bodenkontakt verloren.

- Oben füllst du Beeren ein, drückst den Knopf. Sekundenschnell quillt beim Hahn frischer Saft heraus.

Theo sieht ein gefülltes Glas vor seinem inneren Auge.

- Das wäre das erste Mal, dass ich frischen Cassis-Saft bekäme.

Eva lässt beim Sprechen buchstäblich die Hände mitlaufen.

- Er wird dir auf jeden Fall schmecken.

Ein Mann schlendert zu ihnen.

- Hallo, ich bin Liam Rossetti.

Er trägt eine schmale Krawatte und bringt eine Schüssel voll Johannisbeeren.

- Bevor ich sie pflückte, fragte ich den Busch, ob er einverstanden sei.

Maria verbiegt kess den Körper.

- Und was sagte er?

Rossetti schiebt die Augenbrauen in die Stirn.

- Ja natürlich, so kommen meine Kerne in die Welt.

Eva streichelt ihm über die Arme.

- Macht es dir etwas aus, die Schüssel in meine Maschine zu kippen?

Rossetti beugt leicht die Knie.

- Nein, es freut mich, Mitglied eures Teams zu werden.

Er schüttet die Beeren in den Trichter.

- Ich liebe Cassis-Saft.

Maria stützt nachdenklich den Kopf auf die rechte Faust.

- Fehlt noch etwas? Oder haben wir alles?

Eine Frau marschiert mit baumlangen Schritten den Fluss entlang.

- Hallo, ich bin Jana Klingenstein.

Sie trägt eine Lederjacke und bringt 6 Gläser.

- Kann ich euch beschenken?

Marias Stimme vibriert vor Erregung.

- Ja sicher. Du hast schöne lange Haare.

Jana stülpt die Unterlippe nach vorn.

- Die möchte ich aber behalten.

Zapp reißt den Mund auf.

- Und was hast du mit den Gläsern vor?

Sie neigt den Kopf leicht zur Seite.

- Die dürft ihr haben.

Eva nimmt ein Glas und gibt es Rossetti.

- Danke vielmals. Ich zögere nie.

Er stellt es unter den Hahn.

- Es passt genau.

Jana lässt Cassis-Saft einlaufen.

- Wie toll ihr zusammenarbeitet! Ihr seid wahre Teamkünstler.

Maria lächelt gelöst.

- Ich glaube, Teams können alle Aufgaben erledigen.

Zapp nippt am Glas.

- Wenn man den Saft genießen will, sollte man ihn langsam trinken.

Evas Blick schweift, bleibt an Huch hängen.

- Ich lasse Tropfen für Tropfen auf der Zunge zergehen.

Rossetti reicht ihm ein Glas.

- Du gehörst zu uns.

Jana deutet mit leuchtenden Augen nach links und nach rechts.

- Ich habe noch nie eine so schöne Gemeinschaft erlebt.

Ein Mann eilt in großen Schritten durch den Wald.

- Hallo, ich bin Matteo Arni.

Er trägt eine knielange Hose und bringt 2 Tickets.

- Was trinkt ihr Feines?

Maria fällt in Singsang.

- Rate einmal oder 2 Mal! Auch 3 Mal kann nicht schaden.

Huch gibt ihm sein Glas.

- Sicher findest du es beim ersten Schluck heraus.

Arni kostet.

- Das ist Cassis-Saft.

Er stutzt.

- Hast du mir dein Glas gegeben?

Huch schließt die Augen.

- Nein, alle Gläser sind von Jana.

Zapp streckt die Hand aus.

- Doch dieses Glas war für dich bestimmt.

Eva lehnt sich an Huch.

- Wir haben es extra für dich gefüllt.

Rossetti legt ihm den Arm über die Schulter.

- Und du hast es für Matteo aufgespart.

Huch zieht die Schulter zurück und das Kinn hoch.

- Doch nicht gespart! Ich bin noch gar nicht zum Trinken gekommen.

Jana hält ihm den Ellbogen zum Einhaken hin.

- Trotzdem! Wir finden dich aufopferungsvoll.

Arni gibt Huch die beiden Tickets.

- Du hast eine Belohnung verdient.

Huch lässt seinen Oberkörper nach vorn kippen.

- Was ist das?

Arni tanzt versunken mit dem Glas.

- Damit kannst du deine Freundin zu einer Karussellfahrt einladen.

Eine Frau stakst lässig den Fluss entlang.

                              - Hallo, ich bin Fiona Hack.

Sie trägt eine Schleife am Kleid.

- Ich würde gern etwas unternehmen.

Huch bietet ihr die Tickets an.

- Wie wäre es damit?

Fionas Brauen spannen sich an.

- Das sind 2.

Er neigt den Kopf leicht gegen die linke hochgezogene Schulter.

- Irgendwer kommt sicher mit.

Sie hängt sich bei ihm ein.

- Dann wähle ich dich.

Maria lehnt mit der Brust gegen ihren Arm.

- Ich verstehe dich. Er trägt einen wunderbaren Hut.

Zapp reckt die Finger wie Antennen empor.

- Er ist ein besonderer Mann.

Eva trinkt ihr freundlich zu.

- Du hast richtig gewählt.

Rossetti leckt sich die Lippen.

- Ich bin fast ein wenig eifersüchtig.

Jana streckt das Kinn nach vorn.

- Ihr kommt sicher sehr gut miteinander aus.

Arni flüstert Huch ins Ohr.

- Ich finde es toll, dass du ihr die Tickets angeboten hast.

Fionas Augen wandern im Kreis.

- So viele Menschen können sich nicht täuschen. Wir sind füreinander bestimmt.

Huch zieht den Hut tief ins Gesicht.

- Wir könnten uns nach einem Karussell umsehen.

Maria deutet auf einen Wegweiser. Darauf steht „Karussell".

- Ihr könnt es nicht verfehlen.

Fiona schlägt mit Huch den Weg ein.

- Du bist mein erster echter Freund.

Ein belustigter Unterton schwingt mit.

Er sieht das Leuchten in ihren Augen.

- Was hast du?

Ein Schmunzeln gräbt sich in ihre Wangen.

- Ich muss bestimmt lachen, wenn ich dich nackt sehe.

Ein Mann tanzt mit ausgebreiteten Armen über den Weg.

- Hallo, ich bin Niklas Hofbauer.

Er trägt Badeschlappen.
- Ich bade im Fluss. Und ihr?
Fiona löst die Schleife am Kleid.
- Wir sind dabei.
Hofbauer schlüpft aus den Schlappen.
- Dann gründen wir einen Schwimmklub.
Huch steht wie ein Reiher auf einem Bein.
- Und was mache ich mit den Tickets?
Eine Frau läuft barfuß übers Moos.

- Hallo, ich bin Stella Allensbacher.

Sie trägt kurze Jeans.
- Sprich mit mir!
Fiona tänzelt um Huch herum.
- Du könntest ihr die Tickets schenken.
Hofbauer schiebt ihn mit der Hand am Rücken an.
- Oder sie für eine Karussellfahrt einladen.
Stella fällt Huch um den Hals.
- Danke, dass du mich einlädst. Ich bin überrascht.
Ein Lächeln huscht über sein Gesicht.
- Ich auch.

Die Linie auf der Straße

Brombeeren und Pflaumen wachsen am Wegesrand. Huch hört dem Wind zu. Eine Eidechse flitzt über die Steine. Eine Frau geht quer durch den Hang.

- Hallo, ich bin Thea Londrina.

Sie trägt eine Engelsrobe und bringt einen Kristall.
- Möchtest du ihn haben?
Ein Mann flaniert über den gewundenen Weg.

- Hallo, ich bin Karl Harsch.

Er trägt ein lavendellila T-Shirt.
- Ja, ich hätte gern den Kristall.
Thea stellt sich auf die Zehenspitzen.
- Warum?
Harsch geht in die Hocke.
- Ich habe keine Ahnung! Manchmal muss man eben schnell und entschlossen zusagen.
Sie gibt ihm den Kristall.
- Willst du heiraten?
Er richtet sich zu seiner vollen Größe auf.
- Ja, das finde ich eine gute Idee.
Thea hält gespannt den Atem an.
- Hast du eine Braut?

71

Harsch drückt sein Kreuz durch.

- Nein, sie fehlt.

Sie streicht sich das Kleid glatt.

- Meine Engelsrobe wird der Ähnlichkeit wegen oft mit einem Brautkleid verwechselt.

Er winkelt den Fuß an.

- Nun ja, warum soll man nicht in einer Engelsrobe Hochzeit feiern?

Thea umarmt ihn begeistert.

- Das heißt: Du möchtest mich heiraten?

Harsch sieht ihr in die Augen.

- Ja sicher, du bist mir als Braut willkommen.

Sie legt die linke Hand auf ihre Brust.

- Du bist ein guter Bräutigam.

Er fährt sich übers Haar.

- Ich würde gern in einen Spiegel gucken, ob die Frisur geht und das T-Shirt sitzt.

Eine Frau schleppt sich die letzte Serpentine des Wegs hinauf.

- Hallo, ich bin Annabell Berk.

Sie trägt eine gepuderte Riesenperücke und bringt einen Standspiegel.

- Geht er oder darf es etwas Größeres sein?

Harsch zieht anerkennend die Augenbrauen hoch.

- Danke, er hat genau die richtige Größe. Du bist meine neue Freundin.

Thea teilt ihr fröhlich mit.

- Er braucht den Spiegel. Wir heiraten nämlich.

Annabell zieht die Mundwinkel hoch.

- Ah, ich dachte, er möchte im Spiegel verschwinden.

Harsch sieht belustigt aus.

- Wie geht das?

Sie blinzelt verschwörerisch.

- Du stellst dir vor, der Spiegel sei ein Wasserfall, und schreitest hindurch.

Er atmet durch einen kleinen Spalt hörbar aus.

- Einfach so? Fuß für Fuß? Ich glaube es nicht.

Annabell stößt ihn in die Rippen.

- Weil du es noch nie versucht hast. Trau dich!

Thea reißt die Arme hoch.

- Moment! Wir wollten uns doch trauen.

Annabell dehnt ihre Beine.

- Geht zusammen.

Thea nimmt Harsch an die Hand.

- Das machen wir. Dann heiraten wir im Spiegel.

Sein Oberkörper wippt vor und zurück.

- Können wir das?

Annabell verschränkt die Arme hinter dem Nacken.

- Wenn ihr keinen besseren Plan habt, spricht nichts dagegen.

Thea verschwindet im Spiegel.

- Das Glas fühlt sich ziemlich trocken an.

Harsch folgt ihr mit dem Kristall und tänzerischen Schritten.

- Wir könnten eine Spiegelfamilie gründen.

Annabell schützt die Augen vor dem Glanz.

- Kann ich euch helfen?

Sie hält sich die Hände wie Hasenohren an die Schläfen,

horcht.

- Sie sind schon weg.

Huch fasst den Spiegel mit spitzen Fingern an.

- Ich dachte, sie würden am Glas abprallen.

Annabell lächelt ihm zu.

- Möchtest du auch verschwinden?

Er verbirgt die Hände in den Taschen seiner Hose.

- Nein, ich bin ganz gerne da.

Annabell sieht ihn nachdenklich an.

- Hier, wo wir stehen? Oder möchtest du eine Linie in dein Leben bringen?

Ein Mann trippelt auf Zehenspitzen heran.

- Hallo, ich bin Mats Eschenburg.

Er trägt eine Fellmütze.

- Wo hat es eine Linie?

Annabell steigt aus dem Hang zur Landstraße hinauf.

- Wir könnten uns da oben umsehen.

Eschenburg führt mit beiden Händen parallele Schlängel-bewegungen durch.

- Aus der Ferne betrachtet, sehen die meisten Dinge hübsch aus.

Das Gegenlicht streift über ihre Riesenperücke.

- Du kannst ruhig deinen Fuß auf die Straße stellen. Sie ist auch in der Nähe schön.

Sie wendet sich Huch zu.

- Kommst du auch?

Huch lässt den Blick über den Hang gleiten.

- Ja, Landstraßen interessieren mich.

Eschenburg dreht den Oberkörper.

- Du siehst zufrieden aus.

Huch erreicht den Straßenrand.

- Danke. Ich bin gern unterwegs.

Annabell winkelt den Arm ab.

- Vergesst nicht, warum wir hier sind.

Eschenburg kreuzt die Beine.

- Wir suchen eine Linie.

Eine Frau bewegt sich wie in Zeitlupe.

- Hallo, ich bin Tilda Belmont.

Sie trägt pechschwarze Stiefeletten und fährt auf einem
Fahrrad mit 3 Rädern. Es hat einen großen Gepäckträger.

- Ich wünschte, ich könnte etwas für euch tun.

Annabell hebt die Augenbrauen.

- Uns fehlt eine Linie.

Eschenburg verdreht die Hand leicht nach außen.

- Hol uns eine!

Tilda hängt lässig auf dem Sattel.

- Wenn es nichts weiter ist, tu ich euch gern den Gefallen.

Ein Mann wandert langsam auf der Straße.

- Hallo, ich bin Jonathan Bugatti.

Er trägt einen Filzhut und bringt ein Fass ohne Deckel,
aber mit Hahn.

- Ich komme euch helfen.

Annabell fummelt an ihrer Riesenperücke.

- Möchtest du das Fass irgendwo abstellen?

75

Eschenburg betont mit kräftiger Stimme.

- Wir könnten dich beraten, falls dir kein Ort ins Auge sticht.

Tilda streckt den Nacken.

- Wie wäre es mit meinem Gepäckträger? Er ist groß und stabil.

Bugatti stemmt das Fass auf den Träger.

- Danke! Da kann ich kaum nein sagen.

Eine Frau nähert sich mit ausgreifenden Eisläuferschritten.

- Hallo, ich bin Mina Olivetti.

Sie trägt einen kiwigrünen Rüschenrock und bringt einen Eimer mit kreideweißer Farbe.

- Ihr seht großartig wie ein Team aus.

Annabell wippt mit dem rechten Fuß.

- Ja, wir sind eben zusammen auf der Straße und haben Spaß.

Ein spitzbübisches Lächeln umspielt Eschenburgs Lippen.

- Man könnte uns für ein richtiges Straßenteam halten.

Tilda stellt die Unterlippe vor.

- Ich mag es, in einer kleinen Gruppe zu sein.

Bugatti lehnt sich Mina entgegen.

- Was hältst du von meinem Fass?

Sie streckt den Daumen nach oben.

- Es gefällt mir. Ich muss meine Farbe hineingießen. Ich kann gar nicht anders.

Annabell zupft an ihrer Perücke.

- Das verstehen wir.

Eschenburg steht von einem Bein aufs andere.

- Wenn ich auch nur einen Tropfen Farbe hätte, gäbe es für mich auf der ganzen Welt kein anderes Gefäß.

Mina kippt die Farbe ins Fass.

- Es kommt nicht auf die Menge an. Man muss ein Ziel sehen.

Tilda wackelt mit den Hüften.

- Seid mir bitte nicht böse. Ich kann nicht ewig halten. Ich würde gern in die Pedalen treten.

Bugatti schnippt mit den Fingern.

- Mir gefallen Bewegungen. Was soll ich tun?

Mina stellt den leeren Eimer an den Straßenrand.

- Öffne den Hahn von deinem Fass!

Annabell bricht in lautes Lachen aus.

- Das wird lustig. Treten wir einen Schritt zurück!

Eschenburg schmunzelt pfiffig.

- Gleich spritzt Farbe auf die Straße.

Bugatti dreht den Hahn auf.

- Sind alle in Sicherheit?

Die Farbe läuft aus dem Fass.

Tilda fährt los.

- Mach dir keine Sorgen. Ich bin schon weg.

Mina klatscht in die Hände.

- Oh! Es entsteht eine Linie auf der Straße.

Eschenburg rennt hinterher.

- Heiß ersehnt und endlich gefunden! Ich muss ihr folgen.

Der rettende Halm

Rittersporn, Sanddorn und Mohn wachsen in der Wiese.
Ein Milan kreist. Ein Schwalbenschwanz landet auf Huchs
Finger.
Eine Frau schlendert durchs Grasland.

- Hallo, ich bin Jasmin Aspin.

Sie trägt ein Kostüm aus Federn und bringt eine
Sonnenbrille.
- Willst du sie?
Huch holt durch den Mund Luft.
- Danke, ich habe schon eine Sonnenbrille.
Der Schmetterling fliegt fort.
Jasmin legt die Brille auf seine Hand.
- Wie heißt du?
Huch schlägt die Augen auf.
- Johann Sebastian Huch.
Jasmin tippt ihm auf die Schultern.
- Wir könnten kleine Huch-Figuren herstellen.
Er nestelt an seinem Schal.
- Was ist das?
Sie spricht mit singender Stimme.
- Das sind kleine Gummifiguren, die genau so aussehen
wie du.
Ein Mann schlurft durch die Wiese.

79

- Hallo, ich bin Linus Krisch.

Er trägt einen Jogginganzug.

- Ich liebe kleine Gummifiguren, vor allem, wenn sie meine Gestalt haben.

Jasmin richtet den Blick auf ihn.

- Stellst du dich als Modell zur Verfügung?

Krisch spreizt die Finger.

- Jederzeit gern und sofort.

Sie tätschelt ihm die Hand.

- Danke für deine Bereitschaft!

Er kratzt sich am Kinn.

- Ich möchte königsblaue Figuren von mir haben. Geht das?

Jasmin trippelt voran.

- Ich denke schon. Gehen wir zum Bahnhof!

Krisch wendet den Kopf zu Huch.

- Ich möchte, dass du dabei bist.

Huch schiebt die Oberlippe leicht vor.

- Ich? Wieso denn?

Sie lächelt verschmitzt.

- Wir sind ein Team.

Krisch reibt sich die Hände.

- Darum haben wir ein gemeinsames Ziel.

Huch schließt sich zögernd an.

- Ist es schwierig, Figuren herzustellen?

Jasmin schiebt ihren Arm unter seinen.

- Im Gegenteil. Es ist ein Kinderspiel.

Krisch hüpft auf dem Weg.

- Ich freue mich darauf, Modell zu sein.

Huch fragt höflich.

- Wieso?

Krisch dehnt und reckt sich.

- Ich stelle mir vor, so eine Art Vorlage zu sein. Das macht mir Spaß.

Der Bahnhof ist eine Ruine mit einer alten Fotokabine.

Jasmin schlägt den blassgelben Vorhang zurück.

- Stell dich hinein.

Krisch ringt die Hände.

- Soll ich mich nicht setzen?

Sie verzieht die Lippen zu einem Lächeln.

- Willst du eine stehende oder sitzende Figur?

Er fährt sich durch die Haare.

- Mich erfreut eine sitzende Figur.

Jasmin schnippt mit dem Finger.

- Ja nun, dann setz dich.

Krisch blickt sie betroffen an.

- Ich vermisse einen Stuhl.

Eine Frau marschiert mit baumlangen Schritten zum Bahnhof.

- Hallo, ich bin Carla Cannabich.

Sie trägt eine Federkrone und bringt einen ausgesessenen Holzstuhl.

- Wo darf ich ihn abstellen?

Jasmin federt in den Knien.

- Wie wäre es mit der Kabine? Sie ist leer und ruft nach Möbeln.

Carla stellt den Stuhl hinein.

- Farblich passt er gut zum Vorhang. Findest du nicht?

Krisch zupft an seiner Hose herum.

- Das stimmt. Ich kann nicht aufhören, ihn anzusehen und zu bewundern.

Jasmin wackelt auf den Absätzen.

- Er eignet sich auch zum Sitzen.

Krisch geht in die Kabine und nimmt Platz.

- Das habe ich auch bemerkt.

Carla fragt mir ausgesuchter Freundlichkeit.

- Wie sitzt du?

Er räkelt sich auf dem Stuhl.

- Ausgezeichnet, wie angewachsen. Der Stuhl ist sehr bequem.

Jasmin schließt den Vorhang.

- Entspann dich.

Sie wirft eine Münze ein und drückt den Startknopf.

- Gleich tastet dich der Scanner ab.

Licht erhellt die Kabine.

Krisch wiegt den Oberkörper hin und her.

- Oh, ich befinde mich im Rampenlicht.

Carla wippt auf den Zehen.

- Reck den Rücken gerade und verkriech dich nicht unter dem Stuhl.

Er schnurrt.

- Hey, hey, hey, wieso denn? Insgesamt gesehen, führt man in der Kabine ein glückliches Leben. Man sitzt bequem und wird erleuchtet.

Der Automat surrt. Eine kleine Gummifigur rumpelt in den Entnahmeschacht.

Jasmin schlägt den Vorhang zurück.

- Du kannst aussteigen. Es ist geschafft.

Krisch steht auf.

- Eins muss ich sagen. Der Automat ist clever programmiert.

Carla streckt die Hand nach der Figur aus.

- Darf ich?

Er tritt beschwingt ins Sonnenlicht hinaus und blinzelt.

- Ja, nimm sie bitte raus.

Sie legt die königsblaue Gummifigur auf die flache Hand.

- Bist du zufrieden?

Krisch schaut schräg und keck.

- Und wie! Ich sollte öfters mal eine Figur von mir machen lassen. Ich sehe ja wie eine Legende aus.

Ein Mann schlendert pfeifend über das eingewachsene Gleis.

- Hallo, ich bin Fabian Burbach.

Er trägt einen bonbonfarbenen Blazer.

- Ich kann mich nicht erinnern, wohin ich meine Sonnenbrille verlegt habe.

Jasmin blickt ihn mit leicht gesenktem Kopf an.

- Das kommt vor.

Krisch hüpft ein paar Meter.

- Wir helfen dir beim Suchen.

Carla streicht mit den Fingerspitzen über die königsblaue Gummifigur.

- Wir könnten ein Suchteam gründen.

Burbach atmet tief durch die Nase ein.

- Ich habe Glück, dass ich euch begegnet bin.

Huch wendet sich an Jasmin.

- Was meinst du? Darf ich deine Sonnenbrille Fabian anbieten?

Ein Lächeln legt sich auf ihr Gesicht.

- Ja natürlich! Du kannst frei darüber verfügen, warum, weil ich sie dir geschenkt habe.

Er tippt an den Hut.

- Danke! Dann gebe ich sie gern weiter.

Krisch legt ihm von hinten die Hand über die Schulter.

- Es ist sinnvoll, wenn du sie Fabian schenkst.

Carla lehnt zwanglos gegen Huch.

- Er steht sonst ohne Sonnenbrille da.

Huch schenkt sie Burbach.

- Wir sind uns einig. Du darfst sie haben.

Burbach setzt sie auf.

- Vielen Dank! Ich glaube, sie steht mir.

Jasmin wippt mit der Hand.

- Beim Automaten hat es einen Spiegel.

Er eilt zur Kabine, betrachtet sich mit der Sonnenbrille.

- Das ist mehr als eine Brille! Ich sehe wie ein anderer Mensch aus.

Dann dreht er sich auf dem Absatz um und sagt zu Huch.

- Du verdienst eine Belohnung.

Huch schließt die Augen.

- Sicher nicht! Wenn schon, kannst du Jasmin belohnen.

Krisch schaltet sich ins Gespräch ein.

- Du musst auch einmal etwas annehmen.

Carla pflichtet ihm bei.

- Ich stimme Linus zu.

Burbach bückt sich.

- Ich habe an eine eher kleine Belohnung gedacht.

Er pflückt einen langen Grashalm.

- Der wäre für dich.

Huch nimmt ihn entgegen.

- Ganz nach deinem Wunsch.

Ein Flugschatten fällt über den Bahnhof. Ein riesiger Wal zieht eine Schleife und landet neben den Schienen. Er sperrt das Maul auf, verschluckt Burbach.

Jasmin stützt den leicht geneigten Kopf nachdenklich in die Hand.

- Es könnte sein, dass sich Fabian nicht gern im Bauch des Wals aufhält.

Krisch spreizt die Arme weit vom Körper weg.

- Du musst etwas unternehmen.

Huch winkelt den Ellenbogen ab.

- Warum ich?

Carla lächelt verschmitzt.

- Du hast einen Halm.

Huch klettert auf den Wal, kitzelt ihn am Nasenloch, das oben auf dem Kopf sitzt.

Der Wal niest, spuckt Burbach aus.

Er rappelt sich auf, putzt die Sonnenbrille.

- Jetzt verdienst du eine große Belohnung.

Staubkuchen

Verwinkelte Gassen zweigen von der kopfsteingepflaster-
ten Piazza ab. Huch steigt alte Steinstufen hoch.
Eine Frau hastet durch die Gasse.

- Hallo, ich bin Rosalie Sinclair.

Sie trägt Flipflops, bringt eine Kamera und eine Tasche.
- Darf ich ein Polaroid von deinen Schuhen machen?
Ein Mann läuft die Treppe runter, immer 2 Stufen auf ein-
mal.

- Hallo, ich bin Lennard Strack.

Er trägt pflaumenviolette Turnschuhe.
- Was hast du gesagt?
Rosalie setzt ein breites Lächeln auf.
- Ich möchte fotografieren.
Strack nimmt Haltung an.
- Ich will mich ja nicht aufdrängen. Aber sind meine Turn-
schuhe nicht bildschön?
Sie blickt durch den Sucher.
- Die Farbe ist prächtig.
Er stemmt den Arm in die Hüfte.
- Dann könntest du ja meine Schuhe nehmen.
Rosalie drückt auf den Auslöser.

- Das habe ich vor.

Strack bekommt glasige Augen.

- Das Bild springt schon heraus!

Sie steckt es in die Tasche.

- Wie geduldig bist du?

Er steigt eine Stufe hinauf, springt hinunter.

- Ich bin die Geduld selber. Wann zeigst du mir das Bild?

Rosalie schlenkert die Tasche.

- Gleich! Es ist im Handkehrum fertig.

Strack zerhaut mit zackigen Schlägen die Luft um sich herum.

- Und was kann ich in der Zwischenzeit tun?

Sie wippt mit den Fußspitzen.

- Deine Turnschuhe interessieren mich. Zieh sie aus!

Er schlüpft aus den Schuhen.

- Was soll das?

Rosalie streift ihre Flipflops ab

- Du hast doch gesagt, ich soll sie nehmen.

Strack zieht die Schultern bis zu den Ohren hoch.

- Es war anders gemeint.

Sie legt seine Turnschuhe an.

- Das macht fast gar nichts. Ich respektiere andere Meinungen.

Er hält den Atem an.

- Warum lachst du?

Rosalie greift nach der Kamera und der Tasche, läuft die Gasse hinunter.

- Es war schön, sich auszutauschen.

Strack rennt barfuß hintendrein.

- Geh nicht! Es liegt ein Missverständnis vor.

Huch blickt ihnen nach.

- Ihr habt die Flipflops vergessen.

Eine Frau schreitet durch die Gasse.

- Hallo, ich bin Malika Kommodore.

Sie trägt ein schwanenweißes Hütchen und bringt Sandpapier.

- Sind das deine Flipflops?

Huch winkt ab.

- Nein, sie gehören Rosalie.

Malika bückt sich.

- Das ist ein schöner Name.

Sie schnuppert an den Flipflops.

- Ich würde auch gern so heißen. Sagst du mir Rosalie?

Er schlägt die Augen nieder.

- Gibt das nicht Verwechslungen?

Malika legt das Sandpapier in eine Nische in der Hauswand.

- Wir können es ausprobieren.

Ein Mann biegt in die Gasse ein.

- Hallo, ich bin Till Zipp.

Er trägt ein Kapuzenshirt.

- Möchte irgendwer Rosalie genannt werden?

Malika legt ihre Hand auf seine Schulter.

- Jawohl, ich!

Zipp neigt den Oberkörper leicht zur Seite.

- Gut! Dann wirst du immer in meinem Herz Rosalie sein.

Sie atmet tief ein.

- Beantwortest du mir eine Frage mit einfachem Ja oder Nein?

Er deutet ein Kopfnicken an.

- Das kriege ich hin.

Malika blinzelt in die Sonne und atmet durch.

- Heiratest du mich?

Zipp steigt die Treppe hinunter.

- Ja sicher. Gehen wir zur Kapelle!

Sie folgt ihm.

- Das ist ein überzeugender Vorschlag. Ich bin wie geschaffen zum Heiraten in einer Kapelle.

Er hält kurz inne.

- Nach der Hochzeit gehen wir Salat essen.

Malika reagiert blitzschnell.

- Darauf freue ich mich. Was ist deine Lieblingssauce?

Zipp tollt die Stufen hinunter.

- Mohnsamen-Dressing.

Sie stürmt hintennach.

- Wir passen zusammen. Diese Sauce ist auch meine Favoritin.

Huch hört ihre Schritte verhallen.

- Was wird aus dem Sandpapier?

Eine Frau kommt aus einem Haus.

                              - Hallo, ich bin Elisabeth Gamma.

Sie trägt einen Federhut und bringt einen wollschwarzen Teppich.

- Kannst du mit einem Teppich umgehen?

Ein Mann schlendert durch die alte Gasse.

- Hallo, ich bin Yannick Achtenhagen.

Er trägt eine fuchsrote Hose.
- Ich weiß, wie man einen Teppich legt.
Elisabeth tritt auf der Stelle.
- Abgesehen von dir, sind wir alle unwissend.
Achtenhagen hüpft in Trippelschritten herum.
- Gib mir den Teppich.
Sie lässt ein Lächeln aufblitzen.
- Gern. Er bereitet dir sicher viel Freude.
Er legt den Teppich ab.
- So geht das.
Elisabeth schlägt ihm spielerisch auf die Schulter.
- Du bist sehr geschickt.
Achtenhagen stemmt die Hände in die Hüften.
- Sagen wir es so: Ich habe große Lust, Teppiche zu legen.
Sie balanciert tänzerisch auf einem Bein.
- Weißt du, was ich gern hätte?
Er wölbt seinen Körper straff und aufrecht nach vorn.
- Willst du eine Gitarre?
Elisabeth tanzt katzenhaft.
- Nein, ich möchte einen Konzertflügel.
Achtenhagen öffnet leicht den Mund.
- Ah, das ist so eine Art Klavier, das die Hälfte des Wohn-
zimmers einnimmt.
Sie spreizt das Bein ab.
- Wir könnten den Flügel auch im Freien aufstellen.
Er blickt auf.

Ein Konzertflügel fliegt über die Gasse.

- Die Jagd beginnt! Wir müssen sehen, wo er landet.

Elisabeth wirft ihren Arm um Huchs Schultern.

- Hurtig auf! Wir zählen auf dich.

Er kräuselt ein wenig die Nase.

- Ich gehe lieber langsam.

Sie eilt im hoppelnden Laufschritt davon.

- Klar! Jeder hat sein Tempo. Geh einfach den Ohren nach! Wenn du ein Klavier klimpern hörst, weißt du ja, wo wir sind.

Huch schiebt die Hände in die Hosentaschen.

- Das tönt einfach.

Elisabeth zeigt mit dem Finger auf sich selbst.

- Außer, ich spiele ein schwieriges Stück.

Sie entschwindet seinem Blick.

Eine Frau fegt durch die Gasse, stoppt vor Huch.

- Hallo, ich bin Valentina Plana.

Sie trägt ein Blümchenkleid.

- Was könnten wir mit deinem Teppich anfangen?

Ein Mann erklimmt die Steinstufen.

- Hallo, ich bin Rico Tapp.

Er trägt ein Flanellhemd.

- Ich schleife Staub von der Wand.

Valentina fasst sich an die Nase.

- Wieso denn?

Tapp nimmt das Sandpapier aus der Nische in der Hauswand.

- Schleifen ist mein einziger Zeitvertreib.

Sie fährt sich mit der Hand durchs Haar.

- Dir wird es bestimmt nie langweilig. Es gibt wahnsinnig viele Oberflächen, die auf dich warten.

Er schmirgelt eine Handvoll Staub ab.

- Genau! Und was ich gewinne, ist wie Farbpulver.

Valentina schaut gebannt.

- Manche Leute denken, Staub sei farblos.

Tapp trägt den Staub auf den wollschwarzen Teppich.

- Hier kommen die Farben schön zur Geltung.

Valentina traut ihren Augen nicht.

- Wer hätte so etwas erwartet! Das ist eine Überraschung!

Er legt den Zeigefinger auf die Lippen.

- Es ist das Geheimnis meiner Kunst.

Sie wippt mit den Füßen.

- Ich verspreche, es nie auszuplaudern.

Er zieht die Brauen hoch.

- Hast du Lust, etwas zu essen?

Valentina rafft das Kleid.

- Ja, Staubkuchen.

Das Bild

Mitten auf dem Marktplatz steht das Denkmal, ein Elefant aus Stein mit riesigen Ohren und gesenktem Rüssel. Über die Altstadt und die Häuser ragt der taubengraue Glockenturm.
Huch hebt den Kopf.
An einem Drahtseil schwebt langsam eine rostige Kabine herab. Die Tür quietscht.
Eine Frau steigt aus.

- Hallo, ich bin Milena Augsburg.

Sie trägt ein Glitzerkostüm.
- Ich brauche ein neues.
Er guckt neugierig.
- Ein neues? Was denn?
Ein Mann fegt und tänzelt über den Marktplatz.

- Hallo, ich bin Levi Risch.

Er trägt Shorts und bringt einen Koffer.
- Ich habe es im Gefühl. Ihr sucht ein neues Kleid.
Milenas Lächeln strahlt ihm zahnweiß entgegen.
- Genau das tun wir.
Risch öffnet den Koffer.
- Höchstwahrscheinlich habe ich das richtige für dich.

Sie schnuppert.

- Die Seide riecht gut.

Er hält ein aufwendig gerüschtes Kleid hoch.

- Willst du es gleich anprobieren?

Milena zupft am Stoff.

- Natürlich. Ich kann nicht warten.

Risch bekommt hektische rote Flecken im Gesicht.

- Ja, dann lassen wir keine Sekunde verstreichen.

Sie spreizt die Finger.

- Wofür hältst du mich? Ich soll mich auf offenem Marktplatz umziehen?

Er zuckt mit den Mundwinkeln.

- Vielleicht steigst du in die Kabine?

Milena runzelt die Stirn.

- Niemals! Sie ist zu eng und rostig.

Risch beißt die Zähne zusammen.

- Was ist dein Lieblingsort?

Sie reckt den Kopf in die Höhe.

- Der Marktplatz! Darum bin ich ja hier.

Er atmet tief durch.

- Das verstehe ich. Sonst wärst du woanders, und wir hätten uns gar nicht getroffen.

Eine Frau kommt mit stolz geducktem Gang.

- Hallo, ich bin Nina Benda.

Sie trägt ein bananengelbes Kleid und bringt einen Fallschirm.

- Wie viele seid ihr in eurem Team?

Milenas Blick wandert über Risch und Huch.

- Wir sind 3.

Huch deutet aufs Denkmal.

- Zählst du den Elefanten dazu?

Sie schließt halb die Augen.

- Nein, dich. Du gehörst zu unserem Kleiderteam.

Huch lehnt sich zurück.

- Wieso denn?

Risch streicht mit den Fingern über das aufwendig gerüschte Kleid.

- Würden wir alle Gitarre spielen, wären wir eine Band.

Nina turnt auf dem Rüssel des Denkmals.

- Aber ihr beschäftigt euch lieber mit Kleidern vor einem bezaubernden Hintergrund.

Milena zieht die Schulter hoch.

- Den Elefanten kannst du meinetwegen wegzaubern.

Risch lässt sich ein mageres Lächeln entlocken.

- Das ist gar nicht so einfach wie eine Taube im Zylinder verschwinden zu lassen.

Nina wirft den Fallschirm über den Rücken des Elefanten.

- Für mich ist es ein Klacks.

Sie klettert vom Rüssel.

- Er ist schon verhüllt.

Milena schiebt den Fallschirm wie einen Vorhang beiseite.

- Hier kann ich mich umziehen.

Sie stellt sich unter den Bauch des Denkmals, dreht sich um.

- Gib mir das Kleid!

Risch reicht es ihr.

- Hast du dir so eine Garderobe gewünscht? Ja oder nein?

Milena bedankt sich knicksend.

- Ja. Alle wünschen sich ein Traumteam, und wir haben es.

Nina schlüpft zu ihr unter den Fallschirm, schließt den Vorhang.

- Ich helfe dir.

Risch wendet sich an Huch.

- Ich bin stets an Kleidern interessiert.

Huch erkundigt sich.

- Wie merkst du das?

Risch spitzt die Lippen.

- Nun, ich schaue mich um.

Sein Blick fällt auf eine Frau und einen Mann. Sie tragen einen Paravent.

- Hey, ihr 2! Kommt zu uns!

Die Frau tänzelt wie eine Feder vorneweg.

- Hallo, ich bin Ronja Dai.

Sie trägt helle Leggings.

- Braucht ihr einen Paravent?

Risch hebt die Augenbraue.

- Ja. Uns fehlt ein richtiger Sichtschutz. Darum haben wir den Fallschirm über den Elefanten geworfen.

Der Mann stellt den Paravent ab.

- Hallo, ich bin Julius Schack.

Er trägt ein grasgrünes Shirt.

- Ich habe mich immer gefragt, warum sich die Leute verstecken, wenn sie sich umkleiden.

Ronja fügt bei.

- Nehmt doch einfach unseren Paravent!

Milena streift den Fallschirm zurück und zeigt sich.

- Bitte, sagt etwas zu meinem neuen Kleid!

Risch lässt den Mund offen stehen.

- Es ist schön.

Nina kommt unter dem Elefanten hervor.

- Es macht dich jünger.

Milena erblickt Ronja und Schack.

- Wer seid ihr?

Er lächelt ergeben.

- Wir sind deine neuen Freunde.

Ronja räkelt ihre langen Beine.

- Und schenken dir einen Paravent.

Milena bewegt sich geschmeidig und gelenkig.

- Ich muss ihn näher ansehen.

Risch legt den Knöchel des Mittelfingers an die Schläfe.

- Soll ich euch meine Gefühle verraten? Ich bin begeistert.

Nina nickt freundlich.

- Ich habe die gleichen Gefühle wie du.

Schack springt wie ein Gummiball.

- So geht es alle Menschen.

Ronja klimpert mit den Wimpern.

- Der Paravent passt sich jeder Umgebung an.

Milena lässt den Blick schweifen.

- Wir sollten eine Straßenumfrage machen.

Ein Mann durchquert den Marktplatz.

- Hallo, ich bin Maxim Arazzi.

Er trägt eine Baskenmütze.

- Ich spreche nicht nur gern. Es macht mir auch Spaß, zu-zuhören oder Fragen zu beantworten. Leider bin ich aber nicht der allerbeste Zuhörer.

Risch verschränkt die Arme hinter dem Kopf.

- Gefällt dir der Paravent?

Arazzi redet langsam und gedehnt.

- Du weißt, wie es ist, wenn man überraschend angespro-chen wird.

Nina stupst ihn sanft an.

- Jeder Mensch erlebt es ein bisschen anders. Wie ist es für dich?

Arazzi hebt den Mundwinkel kaum an.

- Sehr angenehm, und es freut mich.

Schack hebt das Kinn.

- Gut! Was sagst du zum Paravent?

Arazzi biegt die Finger nacheinander ein.

- Er übertrifft alles.

Ronja fasst ihn bei der Hand.

- Möchtest du noch etwas beifügen?

Er kramt ein Foto aus der Tasche.

- Oder etwas zeigen, wenn es erlaubt ist.

Milenas Arme gehen so weit auseinander, als müssten sie die ganze Welt umfassen.

- Unbedingt! Vom Anbruch der Dämmerung bis um Mit-ternacht sammeln wir Bilder.

Risch nimmt ihm das Foto aus der Hand.

- Ist das deine Freundin?

Arazzi reagiert mit Kopfschütteln.

- Nein, das ist Olivia. Sie hat ein Anliegen.

Nina reckt sich neugierig, um das Bild besser sehen zu

können.

- Sucht sie einen Freund?

Schack blinzelt mit den Augen.

- Vielleicht sogar mich?

Ronja wendet sich in einer leichten Drehung des Oberkörpers Arazzi zu.

- Dürfen wir das Bild behalten?

Er überlegt, wie er es ausdrücken soll.

- Olivia träumt von einem Freund, der gut zuhören kann.

Milenas Augen schweifen, fixieren Huch.

- Das bist du.

Er fährt erschrocken hoch.

- Ihr seid mehr im Gespräch als ich.

Risch drückt ihm das Foto in die Hand.

- Dann gehört es dir. Zuhören ist deine Stärke.

Eine Frau schreitet über den Platz.

- Hallo, ich bin Olivia Valletta.

Sie trägt einen kurzen Rock.

- Hat jemand zufällig ein Bild von mir gesehen?

Nina legt die Hand auf Huchs Oberarm.

- Sie hat schöne Augen, nicht wahr?

Die Klavierstimme

Eine Quelle sprudelt im Wald.
Huchs Blick wandert langsam suchend herum.
Ein Bach plätschert.
Eine Frau läuft auf ihn zu.

- Hallo, ich bin Amelia Wann.

Sie trägt einen Schal.
- Kannst du pfeilschnell die Kleider wechseln?
Ein Mann kommt mit bedächtigen Schritten.

- Hallo, ich bin Marlon Birk.

Er trägt eine Sporthose.
- Ich habe ein Talent zum fliegenden Wechsel.
Amelia steht grazil da, ein Bein vor das andere gestellt.
- Aber du trägst immer noch die gleichen Kleider.
Birk schaut auf die Uhr.
- Seien wir realistisch! Bis ich mir andere Sachen besorgt
habe, brauche ich einen happigen Bogen Zeit.
Eine Frau bewegt sich in Trippelschritten durch den Wald.

- Hallo, ich bin Franziska Perdita.

Sie hat Glitzer und Lederapplikationen auf der Kleidung

und bringt eine Tüte.

- Suchst du Anzüge? Ich habe eine Auswahl.

Birk greift einen Astronautenanzug heraus, hält ihn hoch.

- Er ist mir ein bisschen zu groß.

Amelia tastet ihn mit Blicken ab.

- Zu weit, würde ich sagen.

Franziskas Lippen deuten ein Lächeln an.

- Das bietet nur Vorteile. Du kannst in ihn hineinwachsen.

Birk presst die Beine zusammen.

- Mein Hobby ist das Umziehen.

Sie stellt die Tüte ab.

- Sehr gut! Schlüpf hinein!

Er schielt mit halbem Auge nach Amelia.

- Was sagst du dazu? Bist du dafür oder dagegen?

Sie reibt sich die Hände.

- Ich stimme zu.

Er legt den Anzug an.

- Offensichtlich habe ich gut gewählt.

Franziska lehnt den linken Arm lässig an die Hüfte.

- Kannst du Klavier spielen?

Birk reckt den Kopf nach vorn.

- Ich könnte es versuchen.

Sie legt die Hand auf seine Schulter.

- Aber Noten sagen dir nichts?

Er lehnt sich zurück.

- Doch, doch. Es gibt hohe und tiefe Noten.

Amelia legt den Zeigefinger vor das Kinn.

- Kannst du sie lesen?

Birk hebt mit Zeigefinger und Daumen den Stoff seines Astronautenanzugs an.

- Das würde ich sicher lernen, wenn ihr mir einen Crash-
kurs anbietet.

Franziska greift in die Tüte.

- Ich habe zwar Klaviernoten, doch leider nicht die geringste Ahnung, wie man sie spielt.

Amelia fährt mit dem Finger über Huchs Oberarm.

- Was würdest du mit Noten anfangen?

Er atmet flach.

- Ich schaue sie an und stelle mir vor, wie das Stück tönt.

Birk lehnt sich auf sein linkes Bein.

- Könntest du es auch auf dem Klavier spielen?

Huch senkt die Lider.

- Ich denke schon.

Franziska kramt die Noten aus der Tüte hervor.

- Du bist Pianist!

Er sperrt die Augen auf.

- Nein, ich spiele einfach, wie es mir gefällt.

Amelia lässt das Becken wippen.

- Möchtest du ein Klavier?

Huch schüttelt verwundert den Kopf.

- Nein, wie gesagt, es geht auch ohne.

Birk hüpft ein paar Meter.

- Wir sollten den Wald verlassen.

Franziskas Füße kommen ins Wippen.

- Gehen wir doch in einen Musikladen!

Amelia sagt mit drolligem Augenklimpern.

- Wir danken dir, dass du unserem Team einen Auftrag
gibst.

Huch schlägt die Hände vors Gesicht und lacht.

- Was? Ich bin weit davon entfernt, ein Klavier zu verlangen.

Birk klettert auf einen Baum und hält Ausschau.

- Vielleicht ist das Geschäft ganz in der Nähe.

Franziska marschiert mit entschlossenem Schritt aus dem Wald.

- Man muss nur die Augen offen halten.

Amelia findet einen Wegweiser.

- Er zeigt in die Stadt.

Birk holt sie ein, blickt weit ins Tal mit den Wiesen und den Flecken dunkler Baumgruppen.

- Wir kommen gut voran.

Franziska klemmt das Notenbuch unter den Arm.

- Wir sind unzertrennliche Freunde.

Hinter einer Wegbiegung entdeckt Amelia die ersten Häuser der Stadt.

- Ich bin überrascht, wie still es ist.

Birk spreizt die Finger.

- Kein Mensch spielt Klavier.

Franziska schreitet rascher aus.

- Darum sind wir hier. Wir bringen die Musik.

Die Rollläden der Geschäfte sind heruntergelassen, die Fenster der Wohnungen verdunkelt. An einem verlassenen Haus hängt ein altes Reklame-Emailschild.

- Musikhaus.

Amelia öffnet die Tür, späht in den Ladenraum.

- Das Geschäft ist relativ leer.

Ein alter Campingbus rumpelt auf der Straße.

Birk dreht den Kopf.

- Ein Bus kommt.

Franziska renkt sich fast den Hals aus, um besser sehen zu

können.

- Vielleicht bringt er ein Klavier.

Der Fahrer stellt den Motor ab, steigt aus.

- Hallo, ich bin Florian Kemp.

Er trägt ein floridablaues T-Shirt.

- Wovon träumt ihr?

Amelia öffnet leicht den Mund.

- Von einem Klavier.

Kemp verkündet stolz.

- Ich bin es gewöhnt, Träume zu verwirklichen.

Birk beißt sich auf die Unterlippe.

- Darf ich in deinen Bus schauen?

Kemp hat in den Augen ein blitzendes Lachen.

- Was heißt: mein Bus? Er gehört euch. Ich betrachte euch als meine Freunde.

Birk schiebt die Tür auf.

- Stellt euch vor! Florian hat uns ein Klavier gebracht.

Kemp zieht eine Rampe heraus.

- Helft mir!

Er bückt sich, löst die Bremsen an den Rollen des Klaviers.

- Wir schieben es auf die Straße.

Franziska gibt Huch die Noten.

- Du kannst sie schon mal ansehen.

Amelia steigt in den Bus.

- Ich freue mich, Musik zu hören.

Birk tritt neben sie.

- Was passiert eigentlich, wenn das Klavier auf der Rampe ins Rollen kommt?

Franziska fordert sie mit einem Winken auf.

- Reiht euch an die Seite! Niemand geht vor das Klavier, bevor es zum Stillstand kommt.

Kemp schiebt das Klavier an.

- Im Allgemeinen lieben Pianos die Straße. Sie kommen sich dann wie ein Auto vor.

Das Klavier rollt über die Rampe, hält neben Huch an. Die Saiten wimmern.

Amelia schlägt die Hand vor den Mund.

- Es mag dich.

Birk spreizt die Finger ab wie kleine Flügel.

- Ich glaube, du ziehst die Klaviere an.

Franziska trippelt über die Rampe.

- Hast du schon ins Notenbuch geguckt?

Huch senkt den Blick.

- Nein, ich habe euch zugeschaut.

Kemp bringt einen Klavierstuhl

- Darf ich dir einen Sitz anbieten?

Huch blättert in den Noten.

- Vielleicht möchte sich sonst jemand setzen.

Amelia klopft ihm begütigend auf die Schulter.

- Sicher nicht! Er ist für dich. Du bist dran.

Birk tippt mit dem Zeigefinger in der Luft herum.

- Fang an! Ich kann es kaum erwarten.

Franziska räkelt sich mit halb geschlossenen Augen.

- Spiel die Gnossienne Nummer 1.

Kemp zieht die Augenbrauen hoch.

- Von wem ist der Song?

Amelia späht ins Notenbuch.

- Von Erik Satie.

Huch spielt den ersten Takt.

Birk stupst ihn an.

- Da kommt mir eine Idee.

Huch dreht sich nach ihm um.

- Worum geht es?

Birk bekommt einen Lachanfall.

- Ich könnte meine Stimme verstellen.

Franziska tanzt um ihn herum.

- Soll sie dunkler oder heller tönen?

Kemp befeuchtet mit der Zunge die Unterlippe.

- Oder wie eine Computerstimme?

Birk schließt die Augenlider halb.

- Nein, wie ein Klavier.

Der Wal heißt Beethoven

Ein Hang zerklüftet am moosgrünen Berg. Das grau ge-
äderte Weiß der Felswand tritt hervor. Huch stößt auf einen Aussichtspunkt. Der Goldschimmer des Grases über
dem Tal liegt weit unten.
Eine Frau flaniert auf dem Bergweg.

- Hallo, ich bin Linda Brill.

Sie trägt ein pantherschwarzes Lederkostüm.
- Kannst du ganz rasch deinen Charakter wechseln?
Ein Mann schlendert zum Aussichtspunkt.

- Hallo, ich bin Phil Oregano.

Er trägt kurze Hosen.
- Ich kann binnen eines Wimpernschlags ein Anderer sein.
Linda schaut ihn unverwandt an.
- Gut! Vergiss deinen Namen!
Eine Frau tollt über den Hang.

- Hallo, ich bin Elif Pellegrino.

Sie trägt ein erdbeerrotes Gewand, blickt Oregano an.
- Wie heißt du?
Er beißt sich auf die Zunge.

- Ich kann mich nicht erinnern, wie ich heiße.

Elif holt tief Luft.

- Redest du gern oder bist du lieber still?

Oregano zuckt leicht die Schultern.

- Ich unterhalte mich gern.

Linda öffnet beide Handteller.

- Er hat nur beschlossen, seinen Namen zu vergessen.

Oregano biegt den Rücken.

- Ich hoffe, das gelingt mir.

Elif legt die Hand auf seinen Rücken.

- Wir unterstützen dich.

Linda flattert mit den Armen.

- Wir geben dir einen neuen Namen. Wie möchtest du heißen?

Oregano schließt halb die Augen.

- Ich überlasse euch die Wahl.

Elif schlägt sich an die Stirn.

- Wunderbar! Dann bilden wir ein Team mit dem Ziel, einen Namen für dich zu finden. Hat jemand einen Vorschlag?

Linda legt den Kopf in den Nacken.

- Wir bräuchten Lose.

Oregano hebt leicht die Stimme.

- Wozu denn?

Elif berührt sein Ohr.

- Wir möchten den Zufall entscheiden lassen.

Ein Mann tritt heran.

- Hallo, ich bin Nick Windmüller.

Er trägt eine graue Uniform und bringt eine Glaskugel.

112

- Da drin sind Vornamen aus allen Sprachen.

Lindas Blick wandert hin und her.

- Die Frage ist, wer das Los ziehen soll.

Oregano schickt Elif ein Lächeln zu.

- Du hast doch nach meinem Namen gefragt.

Sie stößt Huch mit dem Ellbogen in die Rippen.

- Das stimmt zwar, aber wir sollten unser stillstes Team-mitglied auffordern.

Huch zieht die Schultern fast bis zu den Ohren hoch.

- Wer ist das?

Linda tritt ihm auf die Zehen.

- Das bist du! Alles in allem genommen, haben wir von dir noch kein Wort gehört.

Windmüller hält ihm die Kugel hin.

- Es ist mir unbegreiflich, dass man so still sein kann.

Oregano legt Huch die Hand auf die Schulter.

- Gewinnst du einen Namen für mich? Bitte antworte ja oder nein.

Er senkt die Wimpern.

- Da kann ich nur sagen: hoffentlich. Eventuell erwische ich nämlich ein leeres Los.

Linda streicht das Haar zurück.

- Sicher nicht! Greif zu!

Oregano schlingt die Arme um Huchs Hals.

- Das schaffst du.

Elif zieht ihn sanft zurück.

- Du verdienst einen Namen, der sich von den andern ab-hebt.

Windmüller zeigt auf Huch und lacht.

- Du bist gut aufgelegt. Dir gelingt bestimmt alles.

Huch nimmt ein Los aus der Kugel.

- Im Moment fühle ich mich ein bisschen gedrängt.

Linda schenkt ihm mehrmals hintereinander einen Blick.

- Und? Welchen Namen hast du gezogen?

Er entfaltet den Zettel.

- Da steht: Ole.

Oregano ruft mit glockenheller Stimme.

- Das entspricht genau meinem Wunsch! Ich wollte schon immer Ole heißen.

Elif guckt ihn eher leicht von unten an.

- Ich weiß nicht. Ein Mann, der Ole heißt und kurze Hosen trägt.

Windmüller stellt die Glaskugel ab.

- Der Name ruft nach neuen Kleidern.

Eine Frau hopst auf den Aussichtspunkt.

- Hallo, ich bin Mariella Frana.

Sie trägt ein blauschwarzes Samtkleid.

- Ich bin den ganzen Weg gerannt.

Linda schenkt ihr ein aufmunterndes Lächeln.

- Du siehst erhitzt aus.

Oregano klatscht begeistert.

- Treibst du Sport?

Mariella blickt, den Kopf im Nacken, mit ihren großen Augen verzückt nach oben.

- Nein, ich habe einen fliegenden Wal gesehen. Vielleicht landet er.

Elif winkelt den Arm an.

- Das ist verständlich. Ein Aussichtspunkt lockt viele Gäste an.

Windmüller taucht in den Schatten.

- Er ist schon da.

Mariella bekommt Herzklopfen vor Aufregung.

- Ich wusste es!

Der Wal fliegt eine Landeschleife, setzt behutsam auf.

Lindas Gesicht hellt sich auf.

- Danke fürs Kommen!

Oregano stemmt die Hände in die Hüften.

- Er landet langsam.

Elif geht dem Wal ruhig, bis auf 2 Meter entgegen.

- Ich gehe davon aus, dass er uns neue Kleider bringt.

Mariella berührt flüchtig, wie zufällig, Huchs Hand.

- Vielleicht heißt er Beethoven.

Huchs Augenbrauen hüpfen.

- Wer?

Sie stößt ihn mit dem Ellbogen an.

- Wer wohl? Der Wal!

Der riesige Fisch prustet, öffnet das Maul.

Ein Mann spaziert über die Zunge.

- Hallo, ich bin Tim Bork.

Er trägt ein Piratenkostüm.

- Ihr seid ein außergewöhnliches Team! Der Wal heißt wirklich Beethoven. Ihr verdient einen Preis.

Linda rückt das Lederkostüm zurecht.

- Wir hätten gern Kleider.

Bork springt aus dem Maul.

- Für wen?

Oregano läuft aus dem Schatten.

- Für mich.

Bork wirft ihm eine Kusshand zu.

- Dann komm in den Wal und such dir etwas aus.

Elif folgt Oregano mit den Augen.

- Hast du eine große Auswahl?

Bork tut, als handle es sich bei der Frage um einen Witz.

- Das versteht sich. Im Walbauch könnt ihr viele Stunden damit verbringen, neue Kleider anzuprobieren.

Windmüller hebt die Glaskugel auf.

- Dauert das nicht zu lang? Kannst du Ole beraten?

Bork hilft Oregano, ins Maul des Wals zu klettern.

- Sicher! Ich weiß genau, was ihm steht und passt.

Mariella dreht sich um die eigene Achse.

- Ich warte seit meiner Geburt auf jemanden, der mir sagt, was ich tragen soll.

Er steigt auf die Walzunge.

- Ich hätte da schon ein paar Tipps. Doch der beste Ratgeber ist dein Freund.

Sie nimmt einen tiefen Atemzug.

- Und wer ist mein Freund?

Windmüller bietet ihr die Kugel an.

- Du musst ein Los ziehen.

Mariella klaubt einen Zettel aus dem Glas.

- Ich wünschte, es wäre ein Name, der mir auf die eine oder andere Weise weiter hilft.

Linda schmiegt sich eng an sie.

- Entfalte den Zettel und lies vor, was du siehst.

Elif schaut sich um.

- Vielleicht ist es ein Name, den wir kennen.

Windmüller reckt das Kinn energisch.

- Hast du das Los schon geöffnet?

Mariella klappert mit den Lidern.

- Ja, es steht Johann Sebastian drauf.

Lindas Blick schweift zu Huch.

- Heißt du Johann Sebastian?

Ein breites Lächeln huscht über sein Gesicht.

- Ja.

Elif tastet seine Schulter an und lehnt den Kopf an seinen.

- Was für ein Zufall!

Windmüller dreht sich um.

- Bist du jemals in einem Wal gewesen?

Huch wischt mit der Hand durch die Luft.

- Nein.

Mariella wendet sich ihm in einer leichten Drehung des Oberkörpers zu.

- Du bist es, der mich begleitet.

Huch holt tief Luft.

- Moment! Vielleicht sind Andere schon eine Weile dazu bereit.

Linda gluckst belustigt.

- Du kannst keinen Rückzieher machen.

Wie Federn wirken

Die Straße ist in den steilen Fels hineingehauen. Wie Schneeflocken in einer hellen Winternacht fliegen Federn durch die Luft. Huch hält im Gehen ein. Die Federn regnen auf ihn herab.
Eine Frau trippelt auf ihn zu.

- Hallo, ich bin Ela Giuliani.

Sie trägt flamingorote Seidenstrümpfe.
- Hast du so viele Freunde wie Federn?
Ein Mann kommt wiegenden Schrittes heran.

- Hallo, ich bin Nils His.

Er trägt ein Barett.
- Ich habe eine Menge Freude.
Ela zieht eine Augenbraue in die Höhe.
- Warum hast du sie nicht mitgebracht?
His grätscht die Beine.
- Manchmal möchte ich ein paar Schritte für mich allein gehen.
Sie hebt leicht die Nase.
- Alles, was ich möchte, ist geliebt zu werden.
Er tritt von einem Bein aufs andere.
- Ist gut! Ich habe nämlich den Eindruck, dass ich in dich

119

verliebt bin.

Ela sieht ihn herausfordernd an.

- Was tust du für mich?

His steht in leichter Rücklage.

- Ich könnte ein paar Federn sammeln.

Sie spitzt kurz die Lippen.

- Aber du hast keine Tüte.

His winkelt ein Bein ab.

- Ich könnte einen Korb flechten.

Eine Frau grüßt mit dunklen, schalkhaften Augen.

- Hallo, ich bin Selina Jacuzzi.

Sie trägt ein farngrünes Tenniskleid und bringt eine pazi-fikblaue Box.

- Ich sammle gern ein paar Federn für euch.

Ela reckt die Brust vor.

- Oh nein! Das machen wir zusammen.

His bückt sich nach einer Feder.

- Danke, dass du die Box gebracht hast! Jetzt können wir gleich beginnen.

Selina blickt Huch bedeutsam an.

- Wegen den Federn habe ich dich fast nicht gesehen.

Huch hält den Kopf schräg.

- Warum möchtest du mich sehen?

Sie kann sich das Lachen kaum verbeißen.

- Hey, wir sind ein Sammelteam! Da will man doch wissen, mit wem man zusammen ist.

Ela schließt verzückt die Augen.

- Ich habe noch nie so feine Daunen gefunden.

His leert seine Hände.

- Ich staune, wie viele Federn in die Box gehen.

Selina biegt das Schlüsselbein nach hinten.

- Niemand ist überraschter als ich.

Huch streicht sich eine Daune aus dem Haar.

- Wieso?

Selina wühlt in der Box.

- Ich dachte, es hätte wohl nur eine Handvoll Platz.

Ela wirft einen kurzen Blick hinein.

- Jetzt haben wir genug gesammelt.

His studiert die feinsten Daunen und dünnsten Federn.

- Wir hören auf.

Selina macht eine Faust mit nach oben zeigendem Daumen.

- Es ist erfreulich mit euch zusammen.

Ela lässt den Arm über die ausgestellte Hüfte fallen.

- Kannst du die Box schließen?

Selina seufzt.

- Das würde ich gern tun.

Sie atmet tief.

- Uns fehlt nur ein Deckel.

Ein Mann bewegt sich in kleinen Schritten auf sie zu.

- Hallo, ich bin Malte Mack.

Er trägt teegelbe Jeans und bringt einen Deckel.

- Braucht ihr sonst noch etwas?

His entblößt beim Lächeln die obere Zahnreihe.

- Nein, alles Übrige ist in Ordnung.

Elas Blick wandert zu Huch.

- Moment! Ich hätte noch gern eine Feder von dir.
Er hebt die Schulter.
- Haben wir nicht genug?
His geht ein wenig in die Knie.
- Nein, es fehlt noch eine von dir.
Selina schaut Huch in die Augen.
- Wir tun alles, um eine Feder von dir zu bekommen.
Er legt die Daune aus seinem Haar in die Box.
- Danke! Es kann auch ohne Zutun passieren.
Mack hält den Deckel hoch.
- Soll ich die Box schließen?
Ela räkelt sich wie eine Raubkatze.
- Oh nein! Wir müssen nichts überstürzen.
Sie berührt Huchs Schulter.
- Du solltest einmal die Hand in die Box tauchen und fühlen, wie sich die Daunen um deine Finger schmiegen.
Huch senkt den Blick.
- Ich frage mich, ob nicht schon lang jemand auf diese Gelegenheit gewartet hat.
His schiebt die Arme leicht nach vorn.
- Doch, ich! Federn gefallen mir.
Selina zwinkert.
- Du hättest dich nicht zurückhalten sollen.
Mack lächelt ihm aufmunternd zu.
- Wir sind deine Freunde und erfüllen dir alle Wünsche.
Ela schaukelt den Kopf.
- Frisch gewagt, wenn es dir Spaß macht!
His schiebt die Hand in die Box.
- Der Flaum legt sich wie ein Fell um meine Finger.
Selinas Augen beginnen zu strahlen.

- Stell dir vor, deine Hand würde sich in eine Katze verwandeln.

Mack drückt sein Rückgrat durch.

- Wie fühlt sich das an?

Eine kleine Katze taucht aus den Federn auf, springt aus der Box.

His zieht den Arm zurück.

- Das ist meine Hand! Sie läuft mir davon.

Die Katze rennt die Straße hinunter.

Ela jagt hinterher.

- Wir dürfen sie nicht aus den Augen verlieren.

His folgt ihr.

- Sie gehört mir.

Selina übergibt Huch die Box.

- Halte sie bitte.

Mack reicht ihm den Deckel.

- Willst du ihn nehmen?

Huch dreht schräg und unsicher die Schulter.

- Was soll ich mit der Box?

Selina spurtet los.

- Wir sagen es dir nachher.

Mack fegt ihr nach.

- Wir sind sofort zurück.

Eine Frau bewegt sich leichtfüßig auf Huch zu.

- Hallo, ich bin Anastasia Pardo.

Sie trägt ein Tüllkleid.

- Ich habe nicht gehört, was du gesagt hast.

Huch zuckt bedauernd mit den Schultern.

- Es tut mir leid, ich habe noch gar nichts gesagt.

Anastasia sieht ihm in die Augen.

- Bist du zu einer Hochzeit eingeladen?

Er öffnet die Lippen, als würde er gerade ganz tief durch-atmen.

- Wie kommst du darauf?

Sie blinzelt mit den Augen.

- Du hast Daunen gesammelt.

Huch richtet den Blick auf die Box.

- Nur eine.

Anastasia schiebt das Kinn nach vorn.

- Das scheint mir eine ganze Menge zu sein.

Er zieht die Brauen nach oben.

- Das war das Team.

Sie legt den Kopf leicht zur Seite.

- Habt ihr sie für meine Daunendecke gesammelt?

Huch gerät ins Staunen.

- Warum?

Anastasia kreist um sich selbst.

- Ich werde bald heiraten.

Er rückt zur Seite.

- Das freut mich für dich.

Sie lächelt ihn breit an.

- Du meinst: Für uns.

Ein Mann wandert daher.

- Hallo, ich bin John Roll.

Er trägt eine Kapuzenjacke.

- Was macht ihr?

Anastasia wirft eine Feder in die Luft.

- Wir besprechen die Hochzeit.

Roll fängt sie auf.

- Hast du schon einen Bräutigam?

Ihr Blick gleitet nach oben.

- Ich wollte gerade fragen.

Ein Leuchten fliegt in sein Gesicht.

- Das freut mich! Ich sage ja.

Anastasia schlägt die Hand vor den Mund.

- Du bist unglaublich schnell.

Er schiebt eine Schulter nach vorn.

- Ich bin gern zuvorkommend.

Sie räkelt sich.

- Unter meiner Daunendecke wirst du dich sicher wohl fühlen.

Roll umfasst sie zärtlich.

- Du siehst so aus, als wärst du wohl sicher.

Die dritte Hand

Das Wasser fließt so ruhig, dass keine Strömung aus-
zumachen ist. Huch überquert eine steinerne Brücke. Sie
schimmert im Licht.
Eine riesige Frau erscheint am Himmel.

- Hallo, ich bin Tessa Rivera.

Sie trägt ein Glitzerkleid und beobachtet Huch mit einer
gigantischen Lupe.
- Du führst jetzt ein Leben unter dem Vergrößerungsglas.
Er bleibt stehen.
- Ich nehme mir ein paar Minuten Zeit, um darüber nach-
zudenken.
Tessas Augen blitzen.
- Im Moment, wo du eine große Frau mit einer Lupe siehst,
solltest du instinktiv zurückweichen.
Ein Mann schreitet über die Brücke.

- Hallo, ich bin Arthur Burk.

Er trägt ein Sakko.
- Ich bin erstaunt, wenn nicht gar erschrocken und weiche
gern zurück.
Tessa lässt das Vergrößerungsglas in einer Falte ihres
Kleids verschwinden.

- Ich müsste mich wahrscheinlich verkleinern, damit wir uns besser unterhalten können.

Burk senkt die Lider.

- Das würde uns beruhigen.

Sie zieht sich zusammen.

- Gut, in dem Fall ist es mein Traum, ungefähr so klein wie ihr zu sein.

Er springt vor Freude in die Luft.

- Hey, dann könnten wir ein Team gründen! Die Gleichgroßen.

Tessa wird immer kleiner.

- Weißt du, genau genommen sind 3 Menschen nie gleich groß.

Burk legt die linke Hand in die rechte Ellenbeuge.

- Das stimmt. Also, komm runter und wir finden einen Namen.

Sie fliegt in einer Wolke auf die Brücke herab.

- Für was?

Er stößt die Nasenspitze nach vorn.

- Für unser Team.

Tessa steigt aus.

- Das klingt irgendwie gut. Ein Team, das einen Namen für sich sucht.

Er leckt sich die Oberlippe.

- Wir könnten Schuhe für dich besorgen und wären dann ein Schuhteam.

Sie zwinkert Huch zu.

- Läufst du los und holst mir Schuhe?

Er lächelt kurz.

- Welche Schuhgröße hast du?

Tessa spielt mit ihren Haaren.

- Du musst mutig das erste Paar ergreifen, das dich überzeugt. Dann darfst du mir den Schuh anprobieren.

Burk beugt den Oberkörper nach vorne.

- Entschuldige, darf ich das übernehmen?

Sie dreht eine Pirouette.

- Wieso?

Er erhebt die Hände bis zur Schulter.

- Es gibt einen einfachen Grund. Ich bin in dich verliebt.

Eine Frau läuft zielstrebig auf Tessa zu.

                    - Hallo, ich bin Liana Corallo.

Sie trägt ein Ballkleid, bringt einen Schemel und Schuhe.

- Ich bin neugierig, ob die Größe stimmt.

Tessa legt den Kopf leicht zur Seite.

- Es könnte genau die richtige sein.

Burk beißt sich auf die Lippen.

- Ich wollte gerade in dem Moment Schuhe holen.

Liana stellt den Schemel ab.

- Das erübrigt sich.

Er lässt die Arme hängen.

- Niemand kann vorhersagen, ob der Schuh passt.

Tessa setzt sich.

- Wir sehen es gleich.

Liana reicht ihr den Schuh.

- Was für schöne Zehen du hast!

Tessa steckt den Fuß in den Schuh.

- Danke! Er sitzt wie angegossen. Ein Traum wird wahr.

Sie wirft einen Seitenblick auf Huch.

- Wie findest du ihn?

Er zupft sich am Ohrläppchen.

- Zieh den linken Schuh an und geh ein paar Schritte.

Tessa streift Burk mit ihrem Arm.

- Was sagst du dazu?

Er kämmt sich die Haare glatt.

- Ich glaube, das ist ein guter Vorschlag.

Liana gibt Tessa den zweiten Schuh.

- Willst du meine Meinung hören?

Tessa nickt aufmunternd.

- Ja sicher! Ich will erfahren, was ihr denkt.

Liana spreizt den kleinen Finger ab.

- Er hat Recht. Schuhe sollten nicht nur sitzen. Sie müssen auch gehen.

Tessa schiebt den Fuß in den linken Schuh.

- Hey! Ihr bringt mich in Schwung.

Burks Stimme kippt leicht über.

- Es sieht aus, als wären die Schuhe wie für dich gemacht.

Liana legt den Handrücken auf die Hüfte.

- Und? Sind sie nicht wunderbar?

Tessa springt auf.

- Und federleicht! Ich möchte losrennen.

Burk kniet wie ein Läufer am Start.

- Ich zähle bis 10. Dann laufen wir los.

Tessa ist schon auf und davon.

- Fang mich, wenn du kannst!

Er verfolgt sie.

- Das traue ich mir schon zu.

Lianas Blick schweift zu Huch.

- Was machst du auf der Brücke?

Er senkt die Augen.

- Eigentlich wollte ich nur ein paar Minuten nachdenken.

Sie zeigt beim Lächeln alle Zähne.

- Denk nicht so lang! Sing irgendeinen Song für mich.

Ein Mann tigert über die Brücke.

- Hallo, ich bin Lennox Dong.

Er trägt eine Trainingshose.

- Wenn ich das Wort „singen" höre, laufe ich los und denke: Da will sicher jemand meine Stimme hören.

Liana klatscht mit kindlicher Begeisterung in die Hände.

- Wir haben nichts Besseres zu tun.

Dong singt aus tiefer Kehle.

- Was hör ich draußen vor dem Tor, was auf der Brücke schallen?

Sie hört ihm dezent lächelnd zu.

- Von wem ist der Song?

Er wippt im immer gleichen Takt von einem Bein aufs andere.

- Von Franz Schubert. Das ist aber erst der Anfang.

Liana öffnet die Lippen.

- Kannst du jonglieren?

Dong atmet flach durch den Mund.

- Mit der Stimme?

Sie winkelt einen Arm in Taillenhöhe an.

- Nein, mit einem Ball.

Bei seiner Hand geht der Daumen hoch.

- Ja sicher! Wir müssen nur einen Ball auftreiben, und dann kann es gleich losgehen.

Eine Frau bewegt sich in großen Sprüngen über die Brücke.

- Hallo, ich bin Aurelia Kumasi.

Sie trägt ein himmelblaues Chiffonkleid bringt einen kleinen beerenroten Ball.
- Ich kann euch ein paar nützliche Informationen geben.
Liana blinzelt in die Sonne.
- Danke! Wir können sie sicher brauchen.
Dong zieht beide Augenbrauen nach oben.
- Worum geht es?
Aurelia verlagert ihr Gewicht von einem Fuß auf den anderen.
- Um den Ball.
Liana klappt die Lider hoch.
- Gibt es etwas, das wir besonders beachten sollten?
Dong kratzt sich am Nacken.
- Wir lernen gern hinzu.
Aurelia überreicht ihm den Ball mit beiden Händen und einer Verbeugung.
- Prima! Weil die Farbe so hell leuchtet, und die Größe relativ bescheiden ist, eignet er sich zum Jonglieren.
Liana tippt ihm auf die Schulter.
- Bist du Linkshänder?
Dongs Arme hängen schlaff nach unten.
- Es kommt mir manchmal so vor, als hätte ich irgendwo eine dominante Hand. Wenn es nicht die linke ist, dann könnte es die rechte sein. Oder umgekehrt.
Aurelia hat Lachfältchen in den Augenwinkeln.

- Gut! Dann lege den Ball doch einfach in die dominante Hand.

Liana fügt bei.

- Also in die Hand, die sich jetzt gerade, in dieser Sekunde dominant anfühlt.

Dong übergibt den Ball Huch.

- Ich muss mich konzentrieren. Kannst du ihn einen Augenblick halten?

Huch schaut großäugig.

- In welcher Hand?

Ein Mann kommt mit weit ausladenden Schritten daher.

- Hallo, ich bin Gabriel Pin.

Er trägt ein kariertes Hemd, bringt einen Arm.

- Alle Fragen erübrigen sich.

Liana rollt die Zunge mit halboffenem Mund.

- Wieso?

Pin lächelt mit hochgezogenen Wangen.

- Weil ich euch eine Starthand bringe. Wem darf ich den dritten Arm ansetzen?

Dong sieht Huch von der Seite an.

- Wenn ich du wäre, würde ich mich melden.

Huch lehnt zurück.

- Möglicherweise verwechselst du mich mit einem Mann, der mir sehr ähnlich sieht. Ich bin es nämlich gewohnt, mich nie als Erster zu melden.

Dieser Chip ist ganz neu

Vom Vorgarten, wo Johannissträucher, Ringelblumen und Rhabarber wachsen, schlängelt sich der Kiesweg tiefer in den Garten. Ein Brunnen plätschert. Die Amsel singt. Huch lauscht dem glockenreinen Klang nach.
Auf einem runden Platz steht eine Frau neben einer Lostrommel.

- Hallo, ich bin Ava Madani.

Sie trägt ein elegantes Kleid.
- Deine Augen lassen ziemlich viel Neugier erkennen.
Ein Mann stürmt in den Garten.

- Hallo, ich bin Joris Dosch.

Er trägt ein karibikblaues Polohemd.
- Wer gewinnt? Wer verliert? Ich werde auf eine echte Zerreißprobe gestellt.
Ava dreht die Trommel.
- Mach dir keine Sorgen! Bei mir kannst du nur gewinnen.
Die Kugeln purzeln durcheinander.
Dosch wirft die Lippen auf.
- Das grenzt an ein Wunder.
Eine Kugel rollt in den Auffangbecher.
Ava macht eine einladende Handbewegung.

- Greif zu! Diese Kugel habe ich extra für dich bestellt.

Sie stützt die Hände in die Hüfte.

- Zögerst du? Natürlich ist es schwierig, seinem Glück zu vertrauen.

Dosch nimmt die Kugel.

- Ich gebe zu, es verlangt viel Mut, Lose zu öffnen.

Er schraubt die Hälften auseinander, findet einen Zettel.

- Ich sehe es dem Papier an, dass ich einen Volltreffer bekomme.

Ava hält sich zwar die Hand vor den Mund, kann aber gar nicht mehr aufhören zu kichern.

- Vielleicht nimmst du dir die Mühe und liest erst mal den Text.

Dosch entfaltet den Zettel.

- Da steht, ich soll mich auf eine Rolltreppe stellen.

Sie fasst sich ans Herz.

- Vertraust du vollkommen oder schreckst du zurück?

Er wuchtet den rechten Arm zur Stirn hoch.

- Das ist gar keine Frage! Ich fange gleich an, die Rolltreppe zu suchen.

Ava pufft Huch ein bisschen an die Schulter.

- Wann kann man sagen, dass Menschen ein Team sind?

Nach kurzem Zögern entgegnet er.

- Wenn sie etwas gemeinsam unternehmen.

Sie schmiegt sich an ihn.

- Das stimmt. Darum sind wir auf dich angewiesen.

Dosch legt die Arme um Huch.

- Mit dir werden wir sicher eine Rolltreppe finden.

Ava schreitet aus dem Garten.

- Ich kenne ein Warenhaus.

Dosch schaut zurück.

- Was wird aus der Lostrommel?

Sie hüpft die Landstraße hinunter.

- Wir lassen sie stehen. Wir sind ein Team und haben ein Ziel. Mehr kann man nicht gewinnen.

Ein tomatenroter Papppfeil weist den Weg zu einem verlassenen Supermarktgelände. Ihre Füße tasten sich durch das Unkraut.

Ava hält inne.

- Ist euch der Weg zu riskant?

Dosch tippt sich unsicher mit dem Zeigefinger an die Nase.

- Es ist schwierig, das Risiko einzuschätzen. Einige sagen dies, andere sagen das.

Sie sieht Huch direkt in die Augen.

- Und was sagst du?

Er lässt die Arme baumeln.

- Ich finde das Gelände sehr interessant. Es hat Blumen und Libellen.

Auf dem Parkplatz vor einer ausgeweideten, halb eingestürzten Halle rattert und knirscht eine rostige Rolltreppe. Endlos steigen die Stufen auf.

Ava springt, tänzelt, lockert die Muskeln.

- Die Rolltreppe führt zwar nirgends hin. Aber ich hoffe, sie gefällt dir.

Dosch bleibt stehen.

- Ich vermisse das obere Stockwerk sehr. Wenn die Treppe wenigstens einer Rampe zustreben würde!

Sie winkt ihn mit nach unten gedrehten Handflächen zu sich heran.

- Dir ist gar nicht klar, wie viel Glück du hast.

Er lacht verlegen.

- Überhaupt nicht! Du musst mir auf die Sprünge helfen.

Ava sagt mit gurrender Stimme.

- Es braucht keine Sprünge. Du schiebst dich auf die Treppe, und sie sorgt für deine Erhebung.

Dosch krempelt die Ärmel auf.

- Wie du es anstellst, bleibt dein Geheimnis. Aber du bringst mich dazu, es wirklich zu tun.

Sie steht spreizbeinig da.

- Wir sind ein Team und sorgen füreinander.

Er betritt die Rolltreppe.

- Ich muss mich erst ans Teamleben gewöhnen.

Ava lässt die Lippen beim Reden leicht auseinandergehen.

- Nein! Du musst dich dafür entscheiden.

Dosch schaut in den Himmel.

- Ich nutze gern alle Mittel, um aufzusteigen.

Ihre Wimpern beginnen fast unwillkürlich zu zwinkern.

- Es ist möglich, dass du bald oben ankommst.

Er klopft mit den Fingern auf den Handlauf.

- Was soll ich dann machen?

Ava richtet die Augen auf ihn.

- Stell dich auf den Steg.

Dosch springt auf die Platte.

- Ich habe es geschafft!

Er dreht die Fußspitzen leicht nach außen.

- Könnte ich noch etwas unternehmen?

Ihr Mundwinkel zuckt kaum wahrnehmbar.

- Was siehst du?

Dosch bückt sich.

- Eine leere Chipstüte liegt da.

Ava schürzt ihren kirschroten Mund.

- Heb sie auf und bring sie hinunter.

Mit der Tüte in der Hand richtet er sich auf.

- Was? Soll ich gegen die steigenden Stufen rennen?

Eine Frau spaziert über den Parkplatz.

- Hallo, ich bin Marlen Forlani.

Sie trägt eine farngrüne Schürze und bringt einen Chip auf einem silbernen Tablett.

- Ich stelle gern den Motor ab. Darf ich?

Ava zeigt mit dem ausgestreckten Finger auf die Seitenwand.

- Nur zu! Der ananasgelbe Knopf ist es wert, gedrückt zu werden.

Dosch nimmt einen tiefen Atemzug.

- Wenn die Rolltreppe stillsteht, fällt mir das Hinuntersteigen leicht.

Marlen schaltet den Motor ab.

- Ananasgelb ist meine Lieblingsfarbe.

Ava wiegt den Kopf hin und her.

- Das ist eine Überraschung! Ich dachte, es wäre Farngrün.

Dosch springt die Treppe hinunter.

- Wie deine Schürze.

Marlen schiebt das rechte Bein etwas nach vorn.

- Ah, ich trage Kleider in allen Farben.

Er schwenkt die Chipspackung.

- Man findet immer etwas.

Ava meint mit Blick auf die Tüte.

- Leider ist sie leer.

Dosch errötet.

- Offen gestanden, hätte ich auch lieber eine prallvolle gefunden.

Marlen hält ihm das silberne Tablett hin.

- Nimm den Chip und lege ihn in die Tüte. Das erweckt sofort einen anderen Eindruck.

Er klemmt den Chip zwischen Daumen und Zeigefinger.

- Danke! Ich bin wirklich froh, dass ich dich getroffen habe.

Sie wirft das Tablett in die Höhe und fängt es wieder.

- Wann wirst du heiraten?

Dosch schiebt den Chip in die Tüte.

- Sobald ich eine Frau gefunden habe.

Ava wiegt fast unmerklich den Kopf.

- Hast du keine Freundin?

Er ringt nach Worten.

- Leider nicht.

Ein Mann bewegt sich vorsichtigen Schrittes über den Parkplatz.

- Hallo, ich bin Noel Baring.

Er trägt eine dunkle Hose.

- Ich hörte etwas knistern. Hat jemand Chips?

Dosch reckt den rechten Arm empor.

- Jawohl! Ich.

Baring klaubt den Chip aus der Tüte, schiebt ihn in den Mund.

- Ich weiß nicht, wie ich dir genug danken soll.

Marlen balanciert das Tablett.

- Du könntest ihm eine Frau vermitteln.

Baring knabbert.

- Ist gut. Ich bräuchte ein paar Informationen.

Er deutet mit einem Nicken auf Dosch.

- Welche ist dein Typ?

Eine Frau klappert mit den Absätzen.

                               - Hallo, ich bin Alma Yumi.

Sie hat einen pastellfarbenen Pullover über den Rücken gehängt.

- Ich habe ein Paar neue Schuhe.

Dosch schaut ihr in die Augen.

- Sie stehen dir.

Ava öffnet die Lippen zu einem strahlenden Lächeln.

- Ich finde sie aufregend.

Alma legt die Hände übereinander.

- Danke! Was habt ihr vor?

Dosch wiegt sich in den Hüften.

- Mein Traum ist wahr geworden.

Sie dreht sich um ihre Achse.

- Du machst mich neugierig.

Er wischt sich die Stirn.

- Ich gebe dir so viele Chips, wie du willst.

Der Einbaum

Türkisblau strömt der Fluss durch die Schlucht. Huch wandert auf rutschigen Holzbalken am Ufer lang.
An einer engen Stelle, wo er kaum den Himmel sieht, steht eine Frau vor einem kaputten Klavier.

- Hallo, ich bin Diana Panagio.

Sie trägt einen Hosenanzug aus bunt bedrucktem Baumwollstoff. Rapsgelbe, pinkfarbene und enzianblaue Waben schlingen sich durcheinander. Ärmel und Kragen sind mit Goldkordeln besetzt.
- Bist du an diesem Klavier interessiert?
Ein Mann schlendert durch die Schlucht.

- Hallo, ich bin Pepe Mori.

Er trägt einen leinenweißen Schlafanzug.
- Das Klavier ist mir egal. Aber ich möchte dich heiraten.
Diana holt Luft.
- Gut, dann heiraten wir. Aber was wird aus dem Klavier?
Sein Auge gleitet zu Huch.
- Könntest du dich darum kümmern?
Huch lächelt knapp.
- Vielleicht treffen wir jemanden, der mehr von Klavieren versteht als ich.

Sie trommelt sich mit der rechten Hand auf die Schulter.

- Das halte ich für möglich.

Mori zeichnet Wellenlinien in die Luft.

- Leider sind wir in Eile.

Diana dreht sich wie eine Tanzmaus.

- Du hast es mitbekommen. Der Hochzeitstermin drängt.

Mori läuft aus der Schlucht.

- Pass gut auf das Klavier auf!

Sie schließt zu ihm auf.

- Bei der Trauung hätte ich gern feuerrote Blumen.

Er hüpft die Felsen hinab.

- Rennen wir zur Wiese!

Huch legt die Hände als Trichter an den Mund.

- Viel Glück!

Eine Frau kommt durch die Schlucht.

- Hallo, ich bin Alicia Tiziano.

Sie trägt ein zartrosa Ballkleid und bringt eine Handtasche.

- Das ist sehr freundlich von dir.

Er spreizt die Arme ab.

- Was?

Alicia drückt ihm die Hand.

- Dass du mir viel Glück wünschst.

Huch lehnt sich ans Klavier.

- Du hast auf dem Arm eine Eidechsentätowierung.

Alicia beugt den Oberkörper.

- Gefällt sie dir?

Er zieht die Schulter ein bisschen nach hinten.

- Ja.

Sie runzelt die Augenbrauen.

- Hast du versucht, das schwere Klavier zu bewegen?

Huch senkt den Blick.

- Nein.

Alicia klaubt das Handy aus der Handtasche.

- Du siehst lustig aus vor dem Klavier.

Er stützt sich mit beiden Händen zu den Seiten ab.

- Ja, man könnte meinen, es würde jeden Moment in den Fluss rollen. Es hält sich aber erstaunlich gut.

Sie berührt leicht seinen Unterarm.

- Darf ich dich fotografieren?

Huch hält dem Blick stand.

- Ich bin fast fertig.

Alicia schaut ihm in die Augen.

- Mit was?

Seine Finger bewegen sich leicht.

- Nicht mit, sondern fürs Foto.

Sie kreist um sich selbst.

- Willst du dich noch kämmen?

Huch schlägt den Blick nieder.

- Sollte ich?

Alicia stellt das Bein schräg nach vorn.

- Eher nicht. Das verstrubbelte Haar passt zu einem Pianisten. Wie heißt du?

Er schickt ein Zucken durch die Augen.

- Huch.

Sie wickelt sich spielerisch eine Strähne um den Finger.

- Wieso sagst du Huch?

Er weist auf sich selbst.

- Das ist mein Name.

Alicia ermuntert ihn mit einem Augenaufschlag.

- Kannst du ihn buchstabieren?

Er saugt die Luft tief durch die Nase ein.

- H, U, C, H.

Sie fragt nach einem langen, festen Blick in seine Augen.

- Wie kann ich dich zum Klavierspielen bringen?

Huch trommelt mit den Fingernägeln.

- Welches Stück würdest du denn gern hören?

Alicia öffnet den Tastendeckel.

- Uns fehlen Noten.

Ein Mann marschiert mit großen Schritten durch die Schlucht.

- Hallo, ich bin Justus Brick.

Er trägt einen Tropenhut und legt Notenbücher auf eine Felsplatte.

- Ich hätte ein paar Songs. Hoffentlich liege ich nicht völlig daneben.

Alicia blättert in den Noten.

- Im Gegenteil, du bist freundlich.

Brick öffnet die Beine eine Spur breiter.

- Die H-Moll-Sonate von Franz Liszt tönt gut.

Ihr Atem geht schneller.

- Das Stück sieht ziemlich schwierig aus.

Er sagt augenzwinkernd zu Huch.

- Kannst du das spielen?

Huch senkt den Blick.

- Ich trete selten als Erster auf.

Alicia wirft die Noten Brick zu.

- Dann beginnt das Konzert mit dir. Du hast wunderschöne Hände.

Er fängt das Notenbuch geschickt auf.

- Danke! Leider kann ich nicht spielen.

Sie kneift ihn in den Arm.

- Alle Menschen können Klavier spielen.

Brick gibt ihr die Noten.

- Ja, dann freuen wir uns auf dein Spiel.

Alicia streichelt dem Notenbuch über den Rücken.

- Weißt du, wie gesagt, es sind ein bisschen viel Noten aufs Mal.

Eine Frau taucht aus dem Halbdunkel auf.

- Hallo, ich bin Jette Esteban.

Sie trägt einen Rock, den Schleifen und Rüschen verzieren, und bringt einen Klappstuhl.

- Er ist nicht gerade wie eine Klavierbank. Aber zur Not lässt sich gut darauf sitzen und Klavier spielen.

Alicia klappt den Stuhl auf.

- Auf einem Klappstuhl sitzen macht glücklich.

Brick rückt ihn vor Huch.

- Ich denke, darauf kannst du wie am Schnürchen spielen.

Jette drückt ihn auf die Sitzfläche.

- Komm, setz dich!

Huch setzt sich auf die äußerste Kante.

- Ich bin fasziniert. Der Stuhl ist überhaupt nicht klapperig.

Alicia öffnet das Notenbuch.

- Was bedeuten die Fähnchen an den Notenhälsen?

Er schiebt die Fersen zusammen.

- Die Fähnchen halbieren die Notendauer.

Brick beugt sich über die Komposition.

- Die Dauer ist für eine Note wichtig. Zumindest glaube ich das.

Jette spricht mit leuchtenden Augen.

- Wenn ich einmal heirate, sollte die Ehe lange dauern.

Alicia stellt das Buch auf den Notenständer.

- Du hast gar nicht gesagt, dass du heiraten möchtest.

Brick lehnt ganz nebenbei bei Jette an.

- Hast du ein Haus?

Jette heftet ihre Augen an sein Gesicht.

- Ja, es steht am Ausgang der Schlucht.

Alicia setzt eine heitere Miene auf.

- Wie gut, dass es in der Nähe steht!

Brick nickt gedankenverloren und freundlich mit dem Kopf.

- Ich mag Häuser am Fluss sehr.

Jette formt die Finger zu einem Dach.

- Ich bezweifle nicht, dass es euch gefällt.

Alicia dreht sich auf dem Absatz um.

- Ich würde es gern sehen.

Brick atmet mit einem tiefen und kräftigen Zug den Brustkorb empor.

- Vielleicht könnte ich dir den Zaun streichen.

Jette räkelt sich wie eine Katze.

- Man muss meinen Zaun doch nicht streichen.

Alicia schmiegt sich an Huch.

- Komm mit uns! Wir können den H-Moll-Song später hören.

Brick hebt die Hand und deutet zum Fluss.

- Gehen wir zu Fuß oder nehmen wir ein Boot?

Jette ergreift Huchs Arm.

- Ich nutze jede Chance zum Boot fahren. Das gefällt dir bestimmt.

Ein Mann steuert einen Einbaum ans Ufer.

- Hallo, ich bin Carlo Alfonso.

Er trägt ein dunkelblaues Hemd.

- Steigt ein! Die Oberfläche des Flusses ist glatt wie ein Spiegel. Der Einbaum wird kaum schaukeln.

Alicia kneift die Augen blinzelnd im Licht zusammen.

- Was findest du besser? Einen Einbaum oder ein Kanu?

Brick legt die Hände aufs Holz und schwingt sich hinein.

- Mir gefallen beide Boote.

Jette mahnt.

- Pass auf, dass du nicht in den Fluss fällst!

Das Klavier sieht jung aus

Das Wasser kräuselt sich weit draußen auf dem See. Wie silberne Sicheln treibt der Wind die Gischt um sich her. Huch geht über den feinen, sandweißen Kies des Strandes. Eine Frau kommt aus einem riesigen umgestürzten Krug.

- Hallo, ich bin Lene Hagedorn.

Sie trägt einen eisvogelblauen Rock.
- Ich würde mein Leben darauf verwetten, dass du gern ein neues T-Shirt und eine neue Jacke willst.
Ein Mann läuft aufgeregt über den Strand.

- Hallo, ich bin Alessio Kirk.

Er trägt einen birkenweißen Bademantel.
- Kannst du mir schnell zu neuen Kleidern verhelfen?
Lene fasst seine Hand.
- Ich mag deinen Bademantel, so wie er ist.
Kirk kaut an den Lippen.
- Ich habe nicht die Absicht, den ganzen Tag darin herumzulaufen.
Sie streicht durch das Haar.
- Warum nicht?
Er lehnt während des Gesprächs zurück.
- Er steht mir nicht wirklich.

151

Lene zieht die Augenbrauen hoch.

- Möchtest du mit der Mode gehen?

Kirk reibt Zeigefinger und Daumen aneinander.

- Entschuldigung, diese Frage kommt so plötzlich, dass ich noch keine Antwort weiß.

Sie blickt ihm freundlich ins Gesicht.

- Wie wäre es , wenn du uns zur Kleiderbucht begleiten würdest?

Er sagt mit halb gesenkten Lidern.

- Ich bin dabei. Das hört sich gut an.

Lene streckt den Arm aus.

- Interessierst du dich für T-Shirts und Jacken? Du musst es mir nicht verraten, wenn du nicht willst.

Kirk bekommt leuchtende Augen.

- Doch, ich rede gern darüber. Gäbe es nämlich keine T-Shirts und Jacken, müssten die Menschen andere Kleider tragen.

Sie mustert Huch mit Aufmerksamkeit.

- Es ist nur ein Spaziergang bis zur Bucht. Für dich liegt auch ein Geschenk drin.

Er tippt sich an den Hut.

- Für mich?

Lene verlagert ihr Gewicht von einem Fuß auf den anderen.

- Ja. Mir ist etwas Gutes eingefallen.

Kirk wirft den Kopf auf.

- Was denn?

Sie scheint vor Energie zu sprühen.

- Wir schauen, dass wir keinen von uns verlieren. Dann gewinnen wir alle.

Seine Stimme rutscht eine Oktave höher.

- Du siehst gut aus mit deinem eisvogelblauem Rock.

Lene hebt die Hände und sagt nur.

- Danke.

In der Bucht bildet der See eine smaragdgrüne Fläche, in der sich ringsum die Bäume spiegeln. Kleiderstangen voller T-Shirts und Jacken ziehen sich durch den Wald.

Kirk jappt nach Luft.

- Ich bin überwältigt!

Lene stellt die Hüfte schräg aus.

- Mit unserer Hilfe schaffst du es, ein T-Shirt zu finden.

Sein Blick fliegt unstet.

- Ich kann mich nicht entscheiden.

Um ihren Mund spielt ein geheimnisvolles Lächeln.

- Auf Wunsch kann ich dir auch ein Shirt bringen.

Er zappelt mit den Beinen.

- Danke! Ich habe eine andere Idee. Wir könnten bis zum Ende der letzten Stange laufen.

Sie legt nach jedem Schritt eine winzige Pause ein.

- Ich liebe Einkaufsbummel.

Kirk sieht prüfend nach vorn.

- Wofür interessierst du dich?

Lene hat einen Schimmer auf den Lippen.

- Für alles.

Sie rempelt Huch an.

- Wir sind ein gut zusammenpassendes Team. Findest du das Auslesen anstrengend?

Er streunt mit katzenartigen Bewegungen.

- Nein. Man muss nur wissen, ob man ein Shirt nimmt oder nicht.

Kirk klopft Huch auf die Schulter.

- Du siehst sehr charmant aus.

Huch zieht den Hals ein.

- Ich? Wieso?

Eine Frau sitzt auf einem Baum.

- Hallo, ich bin Aurora Ferrantini.

Sie trägt eine geblümte Schürze und lässt einen kleinen pinkfarbenen Papierstreifen auf Huch fallen.

- Ich mag dich.

Ein Mann eilt federnden Schrittes durch den Wald.

- Hallo, ich bin Damian Korral.

Er trägt Jeans und fängt den flimmernden Streifen auf.

- Pink ist nicht meine Lieblingsfarbe, aber ich liebe sie trotzdem.

Lene schiebt die Knie zusammen.

- Willst du ein neues T-Shirt?

Korral verzieht das Gesicht zu einem herben Lächeln.

- Ja, das hätte ich gern.

Sie nimmt 2 von der Stange.

- Wähle zwischen dem ahorngrünen und dem kurkumagelben.

Er verwuschelt sich die Haare.

- Ich bin von beiden angezogen.

Kirk schiebt den Kopf vor.

- Aber du kannst nicht beide anziehen.

Aurora ruft mit heller Stimme vom Baum herab.

- Doch, es macht Spaß, viele T-Shirts übereinander anzuziehen.

Korral lockert seinen Oberkörper.

- Das klingt gut. Ich mag es, wenn es fröhlich wird.

Lene klebt an seinen Lippen.

- Ich hoffe, du wirst mir die Shirts bald abnehmen.

Kirk empfiehlt mit steil gerecktem Zeigefinger.

- Du solltest zuerst das kurkumagelbe anziehen, und dann das ahorngrüne darüber.

Korral dreht sich im Kreis.

- Wieso?

Kirk legt die linke Hand in die rechte Ellenbeuge.

- Dann siehst du grün aus.

Aurora klettert vom Baum.

- Möchtest du grün in die große Welt gehen?

Korral zieht den Kopf ein.

- Das möchte ich nicht allein entscheiden. Wir sollten vertieft über die Farben nachdenken.

Lene wirft die T-Shirts in die Höhe und fängt sie wieder auf.

- Das sehe ich auch so. Wir sind gemeinsam auf der Suche nach einem Entscheid.

Kirk streckt seinen Arm aus.

- Ich frage mich, mit welcher Farbe wir uns verbunden fühlen könnten.

Aurora öffnet den Mund zum Sprechen.

- Vielleicht probierst du einfach ein T-Shirt! Und wir sehen, ob es dir wirklich steht.

Korral gibt sich einen Ruck.

- Das Shirt, das du in der rechten Hand hältst, wäre für mich in Ordnung. Das in der linken auch. Beide sind in

Ordnung.

Lene breitet die T-Shirts aus.

- Ich lege sie auf den Boden, damit du sie in Ruhe betrachten kannst.

Kirk kreist schnell um die eigene Achse.

- Aus meiner Sicht gibt es keinen Unterschied zwischen dem gelben und dem grünen, was die Größe betrifft. Aber in Bezug auf die Farbe ist er enorm.

Aurora lenkt ihren Blick auf Huch.

- Du bleibst im Hintergrund.

Korral tätschelt ihm die Schulter.

- Das ist sympathisch.

Lene beginnt zu schwärmen.

- Darum sind wir gern mit dir zusammen.

Eine Frau beschleunigt ihren Gang.

- Hallo, ich bin Elsa Long.

Sie trägt ein lang geschnittenes, weich fließendes Kleid.

- Ich mag Gelb lieber als Grün.

Kirk lupft die Augenbrauen.

- Was willst du machen?

Ein stolzes Lächeln huscht über ihr Gesicht.

- Eine Empfehlung.

Sie dreht sich nach Korral um.

- Zieh das gelbe an!

Aurora flattert mit den Armen.

- Das ist die beste Empfehlung, die ich je gehört habe.

Korral hebt das kurkumagelbe T-Shirt auf.

- In dem Fall kann ich gar nicht widerstehen.

Lene formt mit den Lippen das Wörtchen „Ja" und stöhnt dann effektvoll.

- Es ist schön.

Kirk hebt die Hände, als würde er nach etwas greifen wollen.

- Wenn du es trägst, begeisterst du uns.

Ein Ruck geht durch Auroras Finger.

- Kannst du Klavier spielen?

Korral schlüpft ins gelbe T-Shirt.

- Ich würde lange Zeit brauchen, um ein Stück zu üben.

Elsa beugt sich über einen Haufen Gummistiefel.

- Wir haben einen Riesenbogen Zeit und würden dich gern in Stiefeln auftreten sehen.

Lene belehrt sie in atemberaubendem Sprechtempo.

- Seltsam sind diese Gummistiefel schon! Sie fliegen von Haufen zu Haufen.

Kirk stützt das Kinn in die Hand.

- Das habe ich gar nicht gewusst. Ich lerne jeden Tag etwas Neues.

Aurora nimmt einen Stiefel.

- Den da könntest anprobieren.

Ein Klavier kommt zum Vorschein.

Korral betrachtet die Jahreszahl neben dem Firmenna- men.

- Für sein Alter sieht es jung aus.

Der kürzeste Weg ins Glück

Beim Stadteingang prangt eine leuchtende Reklame-
schrift am Rand der Landstraße.
Huch bleibt stehen, liest.
- Fang einen neuen Sport an!
Eine Frau läuft über die Straße.

- Hallo, ich bin Amira Centeno.

Sie ist mit einem langen Hüfttuch bekleidet.
- Ich habe das Gefühl zu träumen.
Huch gräbt die Hände tiefer in die Tasche.
- Hoffentlich störe ich nicht.
Amira öffnet leicht die Lippen, als würde sie gerade ganz
tief durchatmen.
- Ganz im Gegenteil! Das Gefühl hat mit deiner Begeis-
terung für den Sport zu tun.
Ein Mann setzt Fuß vor Fuß.

- Hallo, ich bin Colin Dang.

Er trägt Pantoffeln in Lila und Braun.
- Habt ihr Lust, ein Team zu bilden?
Amira dreht sich mit ausgestrecktem Arm um die eigene
Achse.
- Wir sind noch unschlüssig. Wenn wir es wissen, werden

wir es dir sagen.

Dang bewegt sich zeitlupenhaft langsam.

- Du hast eine angenehme Stimme.

Sie geht aufrecht und mit federnden Schritten um ihn herum.

- Danke! Ich freue mich über das Kompliment.

Er schält die Füße aus den Pantoffeln.

- Warum siehst du mich so an?

Amira lässt die Augen wandern.

- Deine vielen Kleider machen mich neugierig.

Dang zieht sich mehrere Schichten Unterwäsche vom Leib.

- Bitte sage mir, was ich als Nächstes tun soll.

Sie wünscht mit plötzlich aufblitzendem Lächeln.

- Ich will deine Telefonnummer haben.

Er hält sich die gekrümmten Finger als Fernglas vor die Augen.

- Ich finde dich sehr amüsant und rufe gleich meine Privatsekretärin.

Eine Frau trippelt auf den Fußspitzen.

- Hallo, ich bin Malina Eichhorn.

Sie trägt ein Jeanskleid und bringt Klee.

- Ich habe ein vierblättriges Kleeblatt am Straßenrand gefunden.

Amira zupft das Hüfttuch zurecht.

- Bist du Colins Privatsekretärin?

Malina tänzelt um Huch herum.

- Nicht wirklich. Colin und ich möchten ein Team gründen,

in welchem jedes Mitglied Privatsekretär des andern ist.

Dang wechselt langsam vom Standbein aufs Spielbein.

- Unter Privatsekretären zu sein, ist der kürzeste Weg ins Glück.

Malina macht eine Aufwärmübung.

- Ich stimme mit dir überein.

Amira geht um Malina herum.

- Bitte schreibe Colins Telefonnummer auf.

Dang zieht eine Schulter hoch.

- Können wir diese Nummer für einen Moment beiseite lassen?

Malina küsst die Luft.

- Colin hat nämlich gar kein Telefon.

Ein Flugschatten streift Amira.

- Was ist das?

Sie hebt den Kopf.

- Ich sehe einen fliegenden Teppich.

Er fliegt über den Stadteingang.

Dang ruft dem Piloten zu.

- Hey, wie siehst du uns von oben?

Malina kreischt vor Vergnügen.

- Kannst du uns detailliert beschreiben?

Der Pilot sitzt im Schneidersitz vorn auf dem Teppich.

- Hallo, ich bin Sam Sing.

Er trägt jeansblaue Turnschuhe.

- Ich sehe euch als Viererteam von oben. Um euch genau zu beschreiben, müsste ich landen.

Amira fasst sich an die Stirn.

- Ist das kompliziert?

Sing legt die Hand aufs Herz.

- Nein, überhaupt nicht! Ich sage dem Teppich einfach: Lande! Dann tut er es.

Dang macht einen Ausfallschritt.

- Ich finde, du pflegst eine gute Kommunikation.

Malina wirbelt im Kreis durch die Luft.

- Ja, du weißt genau, was du willst, und kannst es sagen.

Sing landet.

- Ihr seid meine neuen Freunde.

Amira zeichnet ein Muster mit dem Zeigefinger nach.

- Dieser Teppich ist einer der schönsten.

Er feuchtet die Lippen mit der Zunge an.

- Darf ich dir auch etwas sagen? Das Hüfttuch steht dir sehr gut.

Dang führt den Handrücken an die Stirn.

- Hüfttücher sind jetzt in Mode.

Sing malt einen Bogen in die Luft.

- Wollt ihr mitfliegen?

Malina richtet den Daumen auf.

- Ja, ich bin dabei.

Sie reicht Huch das vierblättrige Kleeblatt.

- Ich schenke es dir.

Er sagt, als er sich von der Überraschung erholt hat.

- Danke! Klee gefällt mir.

Amira lässt sich auf dem Teppich nieder.

- Ist das nicht ein herrliches Kleeblatt?

Dang nimmt neben ihr Platz.

- Es bringt uns bestimmt eine Menge Glück.

Malina setzt sich aufrecht und mittig auf den Teppich.

162

- Das können wir beim Fliegen brauchen.

Sing dreht die Fußspitzen leicht nach außen.

- Wie kommst du darauf? Mit mir fliegt ihr sicher.

Eine Frau tanzt über die Landstraße.

- Hallo, ich bin Nena Zamba.

Sie trägt ein Baumwollkleid.

- Wenn du dieses Kleeblatt verlierst, verlierst du alles.

Huch sagt mit halb geschlossenen Augen.

- Dann ist es von großer Bedeutung.

Amira legt die Hände vor dem Herzen zusammen.

- Wie kommt es, dass du so viel über das Kleeblatt weißt?

Nena antwortet sicher und entspannt auf die Frage.

- Ich lese gern. Es ist ein Riesenspaß, Pflanzenbücher zu studieren.

Dangs Zeigefinger springt auf.

- Möchtest du auch mitfliegen?

Nena faltet leicht die Stirn.

- Ich weiß es noch nicht.

Malina überschlägt die Beine.

- Ich habe eine Idee. Wir könnten uns auf einen kurzen Probeflug begeben.

Ein Lächeln schleicht sich in Sings Gesicht.

- Genau! Wir gönnen euch eine Denkpause und fragen euch danach.

Nena presst die Knie zusammen.

- Sobald ihr zurückkehrt, sage ich es euch.

Amiras Hände fliegen.

- Was mich angeht, so würde ich jetzt gern starten.

Der Teppich hebt langsam vom Boden ab.

Dang ruft mit leuchtenden Augen.

- Gleich sind wir hoch oben in der Luft! Ich bin außer mir vor Freude.

Malina legt den Arm aufs angezogene Bein.

- Bei mir ist es ganz anders. Ein eigenartiges Gefühl übermannt mich.

Sing steuert den Teppich in einer sanften Schleife hoch über die Landstraße hinaus.

- Das kommt vor. Du bist wahrscheinlich noch nie auf einem Teppich geflogen.

Nena lächelt verlegen.

- Je mehr ich darüber nachdenke, ob ich fliegen oder auf dem Boden bleiben soll, desto schwieriger scheint es mir, mich zu entscheiden.

Huch blickt dem Teppich versonnen nach.

- Ehrlich gesagt, möchte ich die Denkpause lieber verlängern.

Sie schaut ihm sehr neugierig und konzentriert direkt ins Gesicht.

- Was hast du lieber, Äpfel oder Orangen?

Ein Mann kommt wieselflink daher.

- Hallo, ich in bin Marc Flapp.

Er steckt in einem runden, chiliroten Apfelkostüm.

- Ich kann gehen, wohin ich will. Soll ich mich euch anschließen?

Nena richtet einen prüfenden Blick auf ihn.

- In deinem Kostüm übst du bestimmt einen großen

Einfluss aus.

Ein Lächeln huscht über sein Gesicht.

- Mein Hauptanliegen ist, die Menschen zum Essen eines Apfels zu bewegen. Das gelingt mir recht gut.

Eine Frau trifft mit resolutem Schritt ein.

- Hallo, ich bin Carolina Moto.

Sie trägt ein Kostüm, das eine aufgeschnittene Orange darstellt.

- Ich fühle mich von eurem Team angezogen.

Nena schnuppert am Stoff.

- Was für ein wunderbares Kostüm!

Flapp läuft freudestrahlend auf sie zu.

- Du kannst unserem Team beitreten.

Carolina legt die rechte Hand aufs Herz, verbeugt sich leicht.

- Danke! Es macht mehr Spaß, im Team unterwegs zu sein als allein.

Nena legt ihr den Arm um die Schulter.

- Du bist unwiderstehlich.

Flapp stellt sich auf die Zehenspitzen.

- Wir haben lange auf jemanden wie dich gewartet.

Carolina schaut Huch abwechselnd tief in die Augen.

- Ist das Kleeblatt für mich?

Ein Lächeln erhellt sein Gesicht.

- Du darfst es gern haben.

Nena schlägt den Blick auf.

- Greif zu! Vierblättrige Kleeblätter sind selten.

Flapp schiebt die Hüfte vor.

- Es macht Spaß, das Glück in die Hand zu nehmen.

Carolina nimmt das Kleeblatt.

- Wir sind im gleichen Team. Welches Glück mögt ihr am liebsten?

Rumpelstilzchen und die watteweiße Katze

Das hohe Gras leuchtet flammend grün. Kühe käuen auf der Wiese wieder. Huch schreitet auf die friedlich weidende Herde zu.
Eine Frau betritt stürmisch das Grasland.

- Hallo, ich bin Lana Osterholz.

Sie trägt ein Paillettenkleid.
- Du bist einfach gekleidet.
Ein Mann kommt mit schlürfendem Gang.

- Hallo, ich bin Matti Pohl.

Er trägt ein Baseballcap.
- Ich bitte dich, mich zu heiraten.
Lana setzt ein besonders freundliches Lächeln auf.
- Ist gut! Das machen wir. Ich mag dein Cap.
Pohl legt den Unterarm über die Stirn.
- Ich kann mir das Leben ohne dich nicht vorstellen.
Sie läuft zum See hinunter.
- Wir gehen zur Hochzeitsinsel.
Er wirft einen Blick auf Huch.
- Und was machst du?
Huch greift mit den Händen in die Luft.
- Ich könnte ein Buch lesen, wenn ich eines finde. Lesen

macht mir Freude.

Lana schaut zurück.

- Sei doch unser Trauzeuge!

Pohl breitet die Arme aus.

- Du bist unser bester Freund.

Sie steigt die Uferböschung hinunter, dreht sich nach Huch um.

- Ich bin so dankbar, dass du dabei bist

Pohl lässt den Sand zwischen den Zehen knirschen.

- Wollen wir zuerst am Strand ausspannen?

Das glasklare Wasser schimmert helltürkisfarben.

Lana albert rum und macht einen Luftsprung.

- Wir machen alles, was du willst.

Er sucht mit den Augen den Horizont ab.

- Ich finde, wir sind ein hervorragendes Team.

Sie stellt die linke Hüfte aus.

- Wir haben auch ein gutes Ziel.

Sein Kopf schnellt hoch.

- Du denkst an unsere Hochzeit?

Sie reibt am Ringfinger.

- Genau! Wir sind ein Hochzeitsteam.

Er rudert heftig mit den Armen.

- Unser Team hat nur wenige Mitglieder. Aber es zählt nicht die Zahl, sondern das Wir-Gefühl.

Ein Einhorn schwimmt ans Ufer. Sein Fell schimmert gleißend weiß, als es aus dem Wasser steigt.

Lana schwingt sich auf den Rücken.

- Steigen wir auf!

Pohl setzt sich hinter sie.

- Was meinst du? Kann es uns zur Hochzeitsinsel bringen?

Sie krallt ihre Finger in die Mähne des Einhorns.

- Natürlich! Es trägt alle Paare zur Insel.

Pohl richtet die Augen auf Huch.

- Wie kommst du hinüber?

Er streckt die Hände auf Halshöhe aus.

- Ich warte auf ein Boot.

Lana verzieht den Mund zum feinen Lächeln.

- Es wird sicher bald kommen.

Pohl wirft den Kopf zurück.

- Sonst rufst du.

Huch zuckt mit den Achseln.

- Vielleicht reite ich auch auf einem Einhorn.

Lana fährt sich durchs Haar.

- Dann sehen wir uns auf der Insel?

Er stopft die Hände in die Hosentaschen.

- Wenn alles nach Wunsch geht.

Das Einhorn schwimmt mit Lana und Pohl in den See hinaus.

Huch streckt und räkelt sich.

Eine Frau steigt langsam zum Ufer hinunter.

- Hallo, ich bin Leticia Zamora.

Sie trägt Handschuhe.

- Ich suche jemanden, mit dem ich reden kann.

Er schiebt den Hut in den Nacken.

- Möchtest du über etwas Bestimmtes sprechen?

Ihre Augen leuchten auf.

- Ja genau! Was ist für dich Freundschaft?

Huch presst die Lippen zusammen.

- Es wäre weise, das zu wissen.

Leticia schubst ihn an und kichert.

- Es ist doch einfach! Ich verstehe dich. Du verstehst mich. Das ist Freundschaft.

Er weicht einen Schritt zur Seite, einen Schritt nach hinten.

- Danke! Von selber wäre ich nicht darauf gekommen.

Sie tanzt mit ausgebreiteten Armen.

- Ich habe einen Bechstein Konzertflügel.

Huch reißt die Augen auf.

- Wo?

Leticia geht den Strand entlang.

- Er steht mit 2 Beinen im See, mit einem am Ufer.

Huch setzt seinen Fuß in den puderzuckerfeinen Sand.

- Manchmal befinden sich die Klaviere an merkwürdigen Orten.

Der Strand endet bei einer kleinen Bucht. Das Wasser umspült die Beine des Konzertflügels.

Daneben ist ein kleiner Mann mit Riesenkulleraugen gerade im Begriff, sich selbst entzweizureißen.

- Hallo, ich bin Rumpelstilzchen.

Er trägt einen Mantel.

- Es ist schwierig, sich zu zerreißen.

Leticia verbirgt ihre Augen hinter der Sonnenbrille.

- An deiner Stelle würde ich eine Sonnenbrille tragen.

Rumpelstilzchen hat die Hand am Ohr.

- Wozu?

Sie legt sich in den Sand.

- Um die Augen vor der Sonne zu schützen.

Er zieht eine Sonnenbrille an.

- Das ist eine gute Idee. Magst du Musik?

Leticia hebt einen Fuß.

- Ja. Spielst du mir einen Song?

Rumpelstilzchen hakt sich bei Huch ein.

- Ich kann leider nicht Klavier spielen. Wie steht es mit dir?

Er weicht zurück.

- Also wenn ich eine Taste drücke, gibt es meistens einen Ton.

Leticia richtet mit geschlossenen Augen unter der Brille den Kopf genüsslich Richtung Sonne.

- Einige Leute drücken sich vor dem Klavierspiel, andere drücken die Tasten. Das ist gut verteilt. Wir sind ein Team.

Rumpelstilzchen grapscht nach Huchs Arm.

- Ich hoffe, du fängst gleich an.

Er lässt die Schultern entspannt hängen.

- Alles, was du tun musst, ist meinen Arm loszulassen.

Leticia schiebt Mittelfinger und Ringfinger zusammen.

- Jeder möchte dauerhafte Nähe. Aber beim Klavierspiel braucht es ein bisschen Ellbogenfreiheit.

Rumpelstilzchen setzt ein nachdenkliches Gesicht auf.

- Das leuchtet mir ein.

Sie richtet sich auf, sitzt kerzengerade.

- Du solltest lieber einen Song wünschen.

Rumpelstilzchen fährt mit der Zunge über den Mundwinkel.

- Ich würde gern das C-Dur Präludium von Johann Sebastian Bach hören.

Eine Frau stürmt herbei.

- Hallo, ich bin Mona Rocca.

Sie trägt Spitzenstrümpfe und bringt einen Klavierstuhl.

- Das Wasser im See ist sehr klar. Soll ich die Strümpfe ausziehen?

Leticia deutet mit dem Zeigefinger auf die Männer.

- Ich habe Freunde, die du fragen kannst.

Rumpelstilzchen nimmt ihr den Stuhl ab.

- Wir helfen einander so viel wie möglich.

Mona stellt sich auf die Zehenspitzen.

- Ihr habt die richtige Einstellung.

Leticia springt auf, umarmt Huch fest.

- Gleich kannst du spielen.

Rumpelstilzchen geht ins Wasser.

- Zähle von 1 bis 10, und der Klavierstuhl steht vor dem Flügel.

Mona wirft ihm einen Blick zu.

- Weißt du, wie man ihn richtig aufstellt?

Rumpelstilzchen platziert den Stuhl sorgfältig.

- Ich bin geschickt und bringe alles zustande.

Leticia hebt den Daumen.

- Gleich hören wir das C-Dur Präludium. Das ist mein Lieblingsstück! Ich fühle mich wie in einem Traum.

Rumpelstilzchen deutet Huch mit der Hand an, sich zu setzen.

- Wegen deiner Schüchternheit drängst du dich nie vor.

Huch entledigt sich seiner Schuhe.

- Bevor ich anfange zu spielen, stelle ich mir das Stück in der Fantasie vor. Das braucht etwas Zeit.

Mona stochert mit dem Fuß im Sand.

- Ich bewundere dich. Ein Stück hat so viele Noten, dass ich mir nicht alle merken könnte.

Leticia hält sich an den Schultern umschlungen.

- Ich kann das Präludium kaum erwarten. Mein Herz schlägt schneller.

Ein Mann wandelt durch die Bucht.

- Hallo, ich bin Frederik Ansbach.

Er trägt eine birnengelbe Hose und bringt eine Box.

- Ratet mal! Kann eine Katze diese Box öffnen?

Rumpelstilzchen lehnt den Kopf leicht zurück.

- Denkst du an eine schwarze oder eine weiße Katze?

Ansbach stellt die Box in den Sand.

- Ich kümmere mich nicht, ob sie ein schwarzes oder weißes Fell hat. Mich interessiert nur, ob sie die Box aufkriegt.

Eine kleine watteweiße Katze huscht in die Bucht.

- Was ist das Problem?

Die Startnummern und der Würfel

In der Altstadt führt die gewundene Gasse in ein Treppen-
labyrinth.
Huch winkelt das Bein an, das auf der oberen Stufe steht.
Eine Frau hängt Handtücher mit Wäscheklammern an der
Leine auf.

- Hallo, ich bin Svea Cary.

Sie trägt eine goldene Perücke.
- Die Klammern sind sehr nützlich.
Huch sieht zu.
- Hast du viele unterschiedliche Methoden ausprobiert?
Svea muss ein Lachen unterdrücken.
- Fürs Aufhängen?
Seine Augen folgen ihren Bewegungen.
- Ja.
Sie wirft den Mundwinkel auf.
- Nein. Alles, was ich machen muss, ist die Klammer öffnen.
Sie schließt von selber.
Huch legt die Hand an den Hut.
- Danke, dass du es mir erklärt hast.
Svea lässt eine Klammer fallen.
- Das war nicht meine Absicht.
Ein Mann zuckt und zappelt die Treppe hoch.

- Hallo, ich bin Ilias Terry.

Er trägt ein mohnrotes T-Shirt.
- Man sollte Klammern nicht am Boden liegen lassen.
Svea wölbt die Unterlippe vor.
- Wo würdest du sie aufbewahren?
Terry bückt sich.
- In deinem Korb. Es lohnt sich, sie aufzuheben.
Sie nimmt die Klammer aus seiner Hand.
- Ich liebe es, wenn mir Leute helfen.
Er zieht die Achseln hoch.
- Nun, es war ja nicht gerade eine unglaubliche Menge Arbeit.
Svea spreizt die Ellbogen ab.
- Achtsame Menschen machen alles richtig.
Terry hängt gebannt an ihren Lippen.
- Ich kann mich eben gut beugen.
Sie hängt das letzte Handtuch auf.
- Ich habe nicht die geringste Ahnung, was ich als Nächstes tun werde.
Eine Frau kommt daher. Ihre Schritte werden kürzer.

- Hallo, ich bin Celine Ricci.

Sie balanciert 20 Hüte auf ihrem Kopf, bringt ein Spinnrad und rosellarote Fasern.
- Ein kurzer Spaziergang führt mich zu euch.
Sveas rechte Augenbraue schnellt in die Höhe.
- Das gleiche Spinnrad habe ich auch.
Terry atmet tief ein.

- Was könnt ihr damit machen?

Celine setzt sich auf die Treppe.

- Ich werde die Rosellen-Fasern zu einem roten Faden spinnen.

Sie lässt das Spinnrad schnurren.

- Ja, und nun spannt den Faden aus und seht, wie weit ihr kommt.

Svea drückt Terry den Faden in die Hand.

- Das könntest du übernehmen.

Er geht langsam mit dem Faden, mal hierhin, mal dorthin, als versuche er, den richtigen Weg zu finden.

- Das finde ich spannend.

Ein Zucken läuft über ihr Gesicht.

- Sag mir, wenn ich dir im Weg stehe.

Terry lächelt und schaut wieder weg.

- Überhaupt nicht! Mir ist nur die Richtung noch nicht klar.

Celine empfiehlt.

- Geh immer treppab, soweit der Faden reicht.

Sveas Herz schlägt schneller.

- Ich weiß, dass du es schaffen kannst.

Er zieht am Faden.

- So schwer ist es nun auch wieder nicht.

Celine mahnt.

- Oh doch! Der Faden muss gespannt bleiben. Zerrst du aber zu heftig, reißt er.

Sveas Blick fällt auf Huch.

- Ilias, Celine, du und ich sind gute Freunde geworden. Wir sind ein Fadenteam.

Huch steigt die Treppe hinab.

- Danke, dass ihr mich aufgenommen habt. Ich war noch

nie in einem solchen Team.

Sie tänzelt um ihn herum.

- Das ist großartig von dir, dass du mitmachst.

Terry blickt Svea mit leicht gesenktem Kopf an.

- Du solltest dich wie eine Braut kleiden.

Sie beschleunigt ihre Schritte.

- Meinst du? Kannst du denn ein Kleid auftreiben?

Ein Mann läuft die Treppe hoch.

- Hallo, ich bin Christian Britz.

Er trägt ein papageienrotes Polohemd und bringt eine Truhe.

- Ich rannte so schnell ich konnte.

Svea spreizt die Finger ihrer linken Hand weit auseinander.

- Nimm es ruhig!

Terry lässt den Faden los.

- Was hast du in der Truhe?

Britz dreht sich im Kreis.

- Das schönste Brautkleid ist darin.

Celine lässt das Spinnrad stehen, legt die Hüte ab und fegt die Treppe hinunter.

- Was ist passiert?

Svea wirft die Arme in die Luft.

- Ilias ist der Faden entglitten.

Terry ruft ihr mit beschwichtigendem Lächeln zu.

- Bitte verzeih mir!

Celine winkt ab.

- Das ist schwer in Ordnung. Du musst den Faden nicht halten.

Britz öffnet die Truhe.

- Was sagt ihr zu diesem Brautkleid?

Svea hält die Luft an.

- Ich finde keine Worte!

Terry kommt ins Stammeln.

- Ich bin sprachlos.

Celine guckt nach rechts und nach links.

- Wer heiratet eigentlich?

Britz nimmt das Brautkleid aus der Truhe.

- Hm, ich dachte, ihr wisst es.

Svea klopft Huch auf die Schulter.

- Kannst du etwas Licht in die Angelegenheit bringen?

Huch zuckt nur kurz mit den Augenlidern.

- Ja gern! Ilias hat dir vorgeschlagen, dich wie eine Braut zu kleiden.

Terry steht eine Zeit lang auf einem Bein.

- Meine Lieblingsfarbe ist eben Weiß.

Celine umarmt Svea.

- Ich bin der Meinung, dass du den Vorschlag annimmst und das Kleid anziehst.

Britz richtet den Blick gegen den Himmel.

- Du solltest es zumindest einmal anprobieren.

Svea schlüpft ins Brautkleid.

- Also gut! Es ist offensichtlich, dass ihr das alle wollt.

Terry ringt die Hände.

- Ich habe mich immer gefragt, wie es wäre, eine Braut zu haben.

Celine hilft Svea, den Reißverschluss zu schließen.

- Vielleicht fragst du sie direkt.

Britz packt ihn bei der Schulter.

- Rede mit ihr!

Svea dreht sich um.

- Worum geht es?

Terry fährt über seine Fingerkuppen.

- Möchtest du gern heiraten?

Sie lässt die Schultern hängen.

- Ja, aber ich weiß nicht wen.

Eine Frau wirbelt die Treppe hinunter.

- Hallo, ich bin Liliana Haselberger.

Sie trägt ein aprikosenoranges Kleid und bringt Startnummern.

- Menschen ohne Nummern haben alle das gleiche Problem. Sie raten den ganzen Tag lang, wer an der Reihe ist.
Startnummern beheben das Problem sofort.

Terry zeigt auf sich.

- Ich stimme dir in dieser Frage zu und hätte gern die
Nummer 1!

Celine krabbelt auf allen Vieren wie ein Käfer über die
Treppe.

- Ich brauche die Nummer 2.

Britz macht einen Handstand und tapst auf den Händen
hin und her.

- Ich bin zuversichtlich. 3 ist für mich die richtige Nummer.

Liliana beugt den Oberkörper nach vorn.

- Ich nehme für mich die Nummer 4, wenn ihr nichts dagegen habt.

Ein Mann kommt ihr auf der Treppe entgegen.

- Hallo, ich bin Ludwig Munz.

Er trägt capriblaue Jeans und bringt einen Würfel.
- Ich bitte dich, gib mir die Nummer 5.
Svea schaut Huch ins Gesicht.
- Wir glauben alle, dass du auch eine Nummer brauchst.
Er tritt von einem Bein aufs andere.
- Denkt ihr an eine bestimmte?
Liliana fordert ihn durch eine Handbewegung auf heran-
zukommen.
- Was hältst du von der Nummer 6? Nimm sie und du bist
mein neuer Freund.
Sveas Augen irren hin und her.
- Und wen soll ich heiraten?
Munz ist von ihrer Stimme fasziniert.
- Ich schlage vor, dass der Würfel dieses Problem löst.
Terry fährt ihm aufmunternd über die Wange.
- Das macht Spaß. Wirf ihn!
Munz lässt den Würfel rollen.
- Welche Zahl gewinnt?
Er ruft.
- Es ist die Eins!
Terry springt in die Luft.
- Ich bin froh, das Ergebnis zu hören.
Er tippt sich an die Brust.
- Das ist meine Nummer!
Svea schubst ihn sanft an.
- Du bringst mich zum Träumen.

Samtgrüne Handschuhe

Neben einer Hütte grasen Schafe. Zufrieden kauen die Kühe wieder. Ein felsiger Grat zackt hinter der Wiese und dem Wald. Durch die Tannen wabert Nebel. Steile Stufen führen auf den felsigen Berg. Über dem Tal liegt weißblauer Schimmer.
Eine Frau schreitet auf Huch zu.

- Hallo, ich bin Vivienne Nielsen.

Sie trägt ein goldgelbes Kostüm.
- Darf ich dich auf deinem Spaziergang begleiten?
Huch bleibt stehen.
- Ja.
Vivienne schiebt die Unterlippe vor.
- Ich habe Gefühle für dich.
Ein Mann beschleunigt die Schritte.

- Hallo, ich bin Nikolas Rupp.

Er trägt eine hellorange Jacke.
- Ich fühle mich von eurem Team angezogen.
Sie hüpft durch die Luft.
- Ah, du denkst, wir sind ein Team.
Rupp springt auf einen Felsbrocken.
- Ganz genau! Nehmt ihr mich auf eure Bergtour mit?

Vivienne berührt Huchs Schulter.

- Du bist an der Reihe, etwas zu sagen.

Er zieht die Augenbrauen hoch.

- Ich sage ja.

Rupp lehnt an einen Baum.

- Dankeschön! Welchen Weg gehen wir?

Sie wendet das Gesicht zur Sonne.

- Ich schlage vor, dass wir bergauf gehen.

Rupp fährt sich durchs Haar.

- Ausgezeichnet! Auf dem Berg gibt es eine Menge Sehenswürdigkeiten.

Vivienne streckt die Arme durch.

- Wir sollten auch andere Dinge berücksichtigen.

Rupp stützt den Kopf mit der Hand.

- Woran denkst du?

Sie sticht mit dem Finger in die Luft.

- Wir könnten etwas zeichnen.

Er runzelt die Stirn.

- Hast du Papier?

Eine Frau kommt näher.

                               - Hallo, ich bin Tabea Unterwald.

Sie trägt kornblumenblaue Leggings und bringt ein Blatt Papier auf einem Klemmbrett.

- Ich freue mich zu erfahren, dass ihr Papier braucht.

Viviennes Augen blitzen.

- Das ist ein sehr feines Papier.

Rupp scharrt mit den Füßen.

- Was machen wir zuerst? Heiraten oder zeichnen?

Sie hat ein wie gemaltes Lächeln auf den Lippen.

- Ich möchte zuerst heiraten und ein Kind bekommen.

Tabea schiebt ihr Kinn nach vorn.

- Normalerweise machen die Menschen zuerst eine Zeichnung. Aber es gibt keine Regel.

Vivienne stemmt die Hände in die Hüften.

- Die Hochzeit ist der Schlüssel zum Leben.

Rupp fängt an zu wippen.

- Heiraten ist beliebter als zeichnen.

Tabea zappelt wie eine Marionette.

- Ihr scheint euch einig zu sein.

Vivienne wiegt sich hin und her.

- Durchaus! Wir gehen in die Hochzeitshalle und treffen die Vorbereitungen.

Rupp schaut Huch mit durchdringenden Blicken an.

- Was machst du?

Ein Lächeln stiehlt sich in Huchs Gesicht.

- Ich denke nach. Wo hat man die besten Aussichten, einen Stift zu finden?

Tabea beugt ein wenig den Rücken.

- Hier kommen viele Menschen vorbei.

Vivienne eilt mit riesigen Schritten voran.

- In dem Fall teilen wir uns auf.

Rupp winkt Huch kumpelhaft zu.

- Macht es dir nichts aus zu warten?

Huch hält sich den Ellenbogen.

- Nein, ich finde mich schon allein zurecht.

Tabea gibt ihm das Klemmbrett.

- Es ist ja nur für kurze Zeit. Sobald du den Stift hast, folgst du uns nach.

Eine Flechte krallt sich am Fels fest. Die Schritte des Hoch-
zeitteams verhallen.

Ein Mann schreitet auf Huch zu.

- Hallo, ich bin Lion Picot.

Er trägt einen Hut aus Leder und bringt einen Bleistift.

- Hätte ich früher kommen müssen?

Huch hebt langsam die Lider.

- Nein, ich freue mich über den Stift.

Picot legt ihn aufs Klemmbrett.

- Ich habe einen grandiosen Einfall.

Huch fasst den Bleistift mit spitzen Fingern an.

- Nämlich?

Picot streckt die Hand aus.

- Siehst du den riesigen Baum, der den Himmel zu berühren scheint?

Huch reißt die Augen auf.

- Was ist mit ihm?

Picot schlägt sich auf die Schenkel vor Freude.

- Ich hätte nie erwartet, einen so großen zu sehen. Kannst
du ihn zeichnen?

Huch zieht einen Strich.

- Ja, zunächst den Stamm.

Er zeichnet einen Kreis.

- Dann die Krone.

Picot schlägt die Hände vor das Gesicht.

- Du hast ein schönes Bild gemacht! Jetzt musst du es nur
noch signieren.

Huch schließt die Augen.

- Das ist etwas ungewöhnlich für mich.

Picot zieht die Schulter hoch.

- Vielleicht, aber es macht Spaß.

Huch schreibt den Namen an den unteren Bildrand.

- Vielen Dank, dass du dir die Zeit nimmst und mir Tipps gibst.

Picot stützt den Kopf lässig in die Hand.

- Du wirst bald lernen, wie man Kunst macht.

Huch schaut sinnend in die Ferne.

- Tatsächlich?

Picot lässt die Arme kreisen.

- Ja, schon dein erstes Bild sieht gekonnt aus.

Eine Frau steigt die groben Felsenstufen hinab.

- Hallo, ich bin Daria Leconte.

Sie trägt ein himmelblaues Kleid.

- Bilder sind voller Energie.

Picot trollt sich.

- Das klingt glaubwürdig. Seit das Bild fertig ist, zapple ich vor Tatendrang.

Huch blickt sich um.

- Wohin läuft er?

Daria betrachtet die Zeichnung.

- Um den Fels herum hat es einen Steinbruch mit übergroßen Scrabble-Steinen.

Sie nimmt Huch das Klemmbrett ab.

- Gehen wir doch hin und machen eine Ausstellung!

Er folgt ihr langsam, Schritt für Schritt.

- Wie hast du den Steinbruch gefunden?

Daria sucht vorsichtig einen Weg durch die Felsen.

- Zufällig! Man tappt durch die Welt, stolpert, bückt sich und sagt sich: Hm, was da vor meinem Fuß liegt, quadratisch und unübersehbar, was ist das wohl?

Huch lässt seinen Blick über den Steinbruch schweifen.

- Ein Scrabble-Stein?

Sie stellt das Klemmbrett auf eine Felsplatte, stützt es mit einem Stein.

- Du sagst es.

Er ist bass erstaunt.

- Du hast in Sekundenschnelle eine Lösung gefunden.

Daria lacht mit weit entblößten Zähnen.

- Ausstellen ist meine Leidenschaft.

Sie späht auf die Signatur.

- Heißt du Huch?

Er schaut die Wände mit den abbröckelnden Scrabble-Steinen an.

- Ja, das sind 4 Buchstaben.

Daria durchwühlt die Steine, die im Sand Fuß des Steinbruchs liegen.

- Ich werde ihn sofort zusammensetzen.

Sie findet ein „H".

- Ich halte viel von dir als Künstler.

Huch erkundet den Steinbruch, dreht sich um.

- Ich schenke dir die Zeichnung.

Daria reiht die Scrabble-Steine direkt neben dem Klemmbrett zum Namen „Huch".

- Ich liebe Männer, die zeichnen können.

Ein Mann läuft in den Steinbruch.

- Hallo, ich bin Charly Aki.

Er trägt krokuslila Jeans und bringt eine Schachtel.
- Ich male gern mit der Hand in den Sand.
Darias Hände fliegen wie im Wind schwebende Blätter in
die Luft.
- Zeichne eine Taube!
Aki legt die Schachtel ab und malt einen Kreis.
- Du meinst eine Brieftaube?
Sie lässt die Hände fallen.
- Ja! Was steht im Brief?
Er strahlt und neigt den Kopf zur Seite.
- Das ist ein schönes Kleid, das du anhast.
Daria streicht Huch sanft über den Rücken.
- Machst du mit?
Huch drückt ein wenig das Kreuz durch.
- Was habt ihr vor?
Ein Lächeln huscht über ihr Gesicht.
- Wir sind ein Team, das schöne Kleider sammelt.
Aki öffnet die Schachtel.
- Ich habe samtgrüne Handschuhe.

Der zitronengelbe Stein

Die Straße in der Altstadt steigt steil an. Der Gehweg ist in langgezogenen Stufen angelegt.
Huchs Schritte hallen.
Eine Frau geht forschen Schrittes auf ihn zu.

- Hallo, ich bin Alissa Banda.

Sie trägt ein himbeerrotes Taftkleid mit einem gekräuselten Halsausschnitt.
- Ich habe meine Kamera verloren.
Ein Mann läuft die Stufen hinunter.

- Hallo, ich bin Thore Bromberger.

Er trägt krokodilgrüne Flipflops und bringt einen Fotoapparat.
- Wir könnten zusammen Fotos machen, bevor wir heiraten.
Alissa hebt die linke Augenbraue.
- Ist gut. Werden wir Blumen fotografieren?
Bromberger verschiebt den Unterkiefer.
- Lieber möchte ich mit Licht und Schatten Kunst entstehen lassen.
Sie sagt mit gesenkten Wimpern.
- Es gibt wohl eine ganze Menge Schatten.

191

Er schaut unverwandt Huch an.

- Dein Schatten wird viel dazu beitragen, dass die Bilder spannend werden.

Huch holt Luft.

- Ich verstehe nicht ganz, wieso. Mein Schatten führt doch ein ziemlich schattenhaftes Dasein.

Alissa legt ihre Hand auf seine.

- Das meinst du nur. Ich denke, er liebt eine Frau.

Bromberger fährt ihm über den Arm.

- Ich mag liebende Schatten.

Eine Frau springt die Treppe hinunter.

- Hallo ich bin Chiara Eschenbach.

Sie trägt ein Kleid mit Dreiviertelärmel.

- Wollt ihr mitkommen?

Alissa stockt der Atem.

- Ja gern! Du bist sehr fotogen.

Chiara neigt den Kopf zur Seite.

- Danke! Wenn ihr möchtet, könnt ihr mich fotografieren.

Bromberger streicht lächelnd über die Kamera.

- Wo?

Chiara schiebt die Beine eng zusammen.

- Bei den Arkaden.

Eine enge Gasse durchzieht die Altstadt. Sie mündet in einen Platz, wo die Schatten aus den Arkaden fallen und auf dem Pflaster kleben.

Chiara spiegelt sich in einem Schaufenster.

- Soll ich mich in die Schatten stellen oder bewegen?

Alissa schlendert über den Platz.

- Du kannst machen, was du möchtest.

Bromberger hält den Atem an.

- Es ist ein wunderschönes Licht!

Chiara sieht eine Flaumfeder.

- Nimm sie auf!

Ein Windhauch bringt sie zum Tanzen.

Alissa schaut ihr mit halboffenem Mund nach.

- Ich weiß nicht, wo die Feder landet.

Bromberger jagt ihr mit der Kamera hinterher.

- Ich drücke auf den Auslöser. Vielleicht ist sie im Bild.

Chiara versucht, einen Blick zu erhaschen.

- Verlass dich auf den Zufall!

Alissa sieht sich nach Huch um.

- Wenn Thore die Fotos gemacht hat, heiraten wir. Wärst du nicht ein fantastischer Trauzeuge?

Ein Mann schiebt sich schneckengleich langsam über den Platz.

- Hallo, ich bin Konrad Samadi.

Er trägt eine gelbrot gestreifte Weste.

- Ich habe noch kein Brautpaar gefunden.

Bromberger schüttelt ihm die Hand.

- Du musst nicht weiter suchen. Alissa und ich haben gleich Hochzeit.

Samadi hört ergriffen zu.

- Darf ich Trauzeuge sein?

Chiara legt ihm die Hand auf die Schulter.

- Gibst du dein Bestes?

Er richtet seine Haare.

- Immer! Darunter mache ich es nicht.

Alissa wippt mit dem Fuß.

- Bist du auch beweglich?

Samadi zeigt eine Gymnastikübung.

- Ja, ich kann meine Hände auf den Boden legen, ohne die Knie zu beugen.

Bromberger gibt Huch die Kamera.

- Ich schenke sie dir. Du könntest ein Gruppenbild von uns machen.

Chiara hebt die Hände auf Schulterhöhe.

- Ich möchte auch aufs Bild.

Huch zieht die Mundwinkel hoch.

- Gern. Such dir einen Platz!

Er blickt auf den Monitor.

- Bitte schaut her!

Alissa biegt sich vor Lachen.

- Ist meine rechte Hand auch im Bild?

Huch lächelt von Ohr zu Ohr.

- Ja sicher. Darauf achte ich.

Sie schreibt schnell Ringe in die Luft.

- Sag mir, was meine Finger tun sollen.

Er hebt den Kopf.

- Forme Daumen und Zeigefinger zu einem „O"!

Bromberger öffnet staunend den Mund.

- Wenn das Bild gelingt, verdanken wir ganz allein dir den Erfolg.

Chiara streicht ihr Haar zurück.

- Ja, du gehst es mit einer Leichtigkeit an, die uns ansteckt.

Samadi scherzt.

- Soll ich die Zähne zusammenbeißen?

194

Alissa schubst ihn.

- Bitte nicht! Sei locker!

Bromberger hebt den Arm und winkt.

- Ich würde dir gern einen Rat geben.

Huch wendet den Blick vom Monitor ab.

- Danke! Habe ich etwas übersehen?

Bromberger wischt über den Mund.

- Konrad ist hinter Chiara versteckt.

Sie schaut über die Schulter zurück.

- Hinter mir?

Samadi lässt den Kopf hängen.

- Ja. Das stimmt. Ich bin gern im Hintergrund.

Alissa geht zum Platz am Ende der Arkaden, wo das Licht durch eine hohe Baumkrone auf eine Sitzbank rieselt.

- Setzen wir uns doch auf die Bank!

Bromberger folgt ihr.

- Dann sind wir nebeneinander im Bild.

Chiara nimmt Platz.

- Es ist natürlich, dass wir solange miteinander reden, bis sich alle wohl fühlen.

Samadi setzt sich neben sie.

- Jetzt geht es mir gut.

Alissas Fuß wippt.

- Blicken wir mit einem Lächeln in die Kamera!

Bromberger schenkt Huch einen fragenden Blick.

- Wieso drückst du nicht den Auslöser?

Huch bewegt den Finger.

- Du hast Recht. Das könnte ich tun.

Chiara klatscht aus Leibeskräften.

- Zeig uns das Bild!

Huch tritt zur Bank, dreht die Kamera.

- Dass eine Gruppenaufnahme auf Anhieb gelingt, ist unwahrscheinlich, aber möglich.

Samadi späht auf den Monitor.

- Du kannst wirklich gut fotografieren! Ich bin darauf.

Alissa lehnt zurück.

- Nun müssen wir uns ausruhen.

Bromberger streckt die Beine.

- Die Bank ist bequem.

Eine Frau strebt auf Huch zu.

- Hallo, ich bin Melita Womack.

Sie trägt ein Minikleid.

- Bist du ein Fotograf?

Er sagt augenzwinkernd.

- Nein, ich halte nur die Kamera.

Melita schenkt ihm einen aufmunternden Blick.

- Hast du auch schon einmal ein Denkmal fotografiert?

Huch winkt mit der Handfläche ab.

- Nein. Möchtest du die Kamera haben?

Sie blickt ihn bedeutsam an.

- Wieso denn? Das ist etwas für dich! Die meisten Leute haben große Lust, Sehenswürdigkeiten aufzunehmen.

Er zieht die Achseln hoch.

- Was würdest du mir empfehlen?

Melita spitzt die Lippen.

- An deiner Stelle würde ich loslaufen. Komm mit!

Sie führt ihn zu einem Platz, wo unter flatternden, bunten Wimpeln ein Elefantendenkmal steht.

- Es heißt, alle Tiere sind wichtig. Was für ein Segen ist es, dass sie da sind!

Ein Mann betritt den Platz.

- Hallo, ich bin Jason Kelm.

Er trägt eine tiefrote Krawatte und bringt einen kleinen Sack mit Steinen.

- Wir könnten ein Steinteam gründen.

Melita schaut ihm in die Augen.

- Ist gut! Was nehmen wir uns vor?

Kelm kippt ein Häufchen Steine aus.

- Such dir einen Stein aus und halte ihn, bis wir heiraten.

Sie berührt seinen Arm.

- Ich freue mich auf die Hochzeit. Welchen Stein soll ich nehmen?

Er streicht sich das Haar aus der Stirn.

- Ich empfehle dir den zitronengelben.

Der Klang der Stimme

Buchengrün leuchtet der Waldberg. Der Weg ist karg und steinig. Huch steigt hinauf.
Ein ungemachtes Bett steht auf einer Felsplatte.
Eine Frau bummelt unter den Bäumen.

- Hallo, ich bin Alice Alicas.

Sie trägt korallenrote Lackschuhe.
- Ich kann das Bett nicht machen. Weißt du, wie das geht?
Ein Mann schlenkert über den Waldberg.

- Hallo, ich bin Marvin Burr.

Er trägt eine unförmige Mütze.
- Kommt ihr mit allem zurecht?
Alice streicht sich die Fransen aus der Stirn.
- Nicht ganz. Wir betrachten das Bett und fragen uns, wo man den ersten Griff ansetzen könnte.
Burr nimmt die Decke und legt sie auf den Fels.
- Ich helfe euch.
Sie beugt sich vor.
- Es ist uns eine große Freude, dir zuzusehen.
Er packt das Kissen.
- Als ich euch sah, wusste ich gleich, dass wir ein ausgezeichnetes Team werden.

Alice öffnet und verschränkt ihre Arme.

- Ich liebe gemachte Betten.

Burr strafft das Fixleintuch.

- Es waren mehrere Falten zu sehen. Nun ist das Tuch glatt.

Sie sucht nach Worten.

- Wir lieben den Geruch des Leintuchs.

Er schüttelt die Decke.

- Hört ihr das Rascheln?

Alice schnippt mit den Fingern.

- Es gibt viele Dinge, die für uns neu sind.

Burr breitet die Decke über das Fixleintuch.

- Ich komme mit wenigen Bewegungen aus.

Sie lacht perlend.

- Du würdest uns fehlen, wenn du nicht da wärst.

Er rüttelt das Kissen.

- Im Team kommt man sich näher als anderswo.

Alice streicht ihm sanft über die Schulter.

- Wir glauben, du bist ein netter Kerl.

Burr legt das Kissen aufs Bett, zupft an den Zipfeln.

- Ich interessiere mich eben für Betten und wie sie gemacht werden.

Sie umtänzelt das Bett.

- Wir sind mit dem Ergebnis zufrieden.

Er lässt seinen Blick schweifen.

- Ich denke, wir könnten ein bisschen spazieren und den Wald betrachten.

Ein Vogel zwitschert. Von den Ästen hängen Waldreben. Durch die Erde schlängeln sich Wurzeln in alle Richtungen. Huch pfeift ein Lied.

Alice fasst ihn ins Auge.

- Bist du ein Musiker?
Er weicht Meter für Meter zurück.
- Ich benutze manchmal ein Klavier.
Sie dreht sich im Kreis.
- Ein Klavier? Das gefällt mir.
Eine Frau durchstreift den Wald.

- Hallo, ich bin Henriette Cassidy.

Sie trägt einen Tellerhut.
- Ich zeige euch gern den Friedhof für Konzertflügel. Dort stehen allerlei Klaviere rum.
Burr tanzt Pirouetten um Alice.
- Ich liebe dich mehr als alle Klaviere.
Sie reibt erfrischt und verwundert die Augen.
- Du machst mich glücklich.
Henriette verfällt mit zurückgelegtem Kopf in ein schalkhaftes Lachen.
- Das ist der Gang der Welt.
Alice schlägt entzückt die Hand vor den Mund.
- Heiraten wir?
Burr schnappt nach Luft.
- Ja. Ich halte um deine Hand an.
Sie wendet sich an Henriette und Huch.
- Welche Farbe soll das Brautkleid haben? Würdet ihr so nett sein, uns zu beraten?
Henriette schaut sich die Farben der Bäume an.
- Gern. Ich empfehle Grün.
Sie berührt mit ihrer Hand leicht Huchs Hand.
- Meinst du nicht?

Er fängt ihren Blick ein.

- Ich würde gern noch weitere Meinungen einholen.

Ein Mann gesellt sich zu ihnen.

- Hallo, ich bin Leandro Weng.

Er trägt eine Lederjacke und bringt einen Brief.

- Die Information ist sehr wichtig für euch.

Alice streift Huchs Bein mit ihrem Knie.

- Wie wäre es, wenn du den Brief öffnen würdest?

Huch senkt eine Schulter ab.

- Es wäre nicht einfach für mich, weil ich keinen Brieföffner habe.

Burr fragt in gleichgültigem Ton.

- Willst du den Umschlag nicht aufreißen?

Henriette legt den Daumen ans Kinn.

- Du könntest ihn auch mit dem Finger aufschlitzen.

Weng wedelt mit den Armen.

- Das sind 2 passable Vorschläge.

Eine Frau kommt wiegenden Schrittes.

- Hallo, ich bin Jonna Delgado.

Sie trägt einen Badeanzug und bringt einen Brieföffner.

- Nimm ihn bitte!

Huch bewegt sich wie in Zeitlupe.

- Gern. Er sieht schnittig aus. Es gibt nichts Vergleichbares.

Alice leckt die Lippen.

- Er hat einen Griff aus Gold.

Burr stampft vor Freude mit den Füßen.

- Es freut uns, dass du den Umschlag öffnest.

Henriette breitet die Arme aus und knickst.

- Wir alle bewundern deine Sorgfalt.

Weng mahnt.

- Achtung! Ich sehe einen Brief!

Jonna hält sich die linke Hand an die Stirn.

- Wenn ich dir helfen kann, tu ich es gern.

Huch gibt ihr den Brieföffner zurück.

- Danke! Ich finde es am besten, wenn ich jetzt das Blatt aus dem Umschlag ziehe.

Alice blickt durch die Bäume zum Himmel empor.

- Ohne Öffner wären wir noch nicht so weit.

Burr tänzelt über den Waldboden.

- Was steht im Brief?

Henriette beißt dich auf die Unterlippe.

- Es ist nicht einfach, die Neugier im Zaum zu halten.

Weng lässt die Schultern stehen.

- Dafür gibt es nachher ein warmes Gefühl, wenn du den Brief vorliest.

Jonna hat ein leises Lächeln in den Augen.

- Es könnte uns auch amüsieren.

Huch stellt die Füße eng zusammen.

- Es steht nur ein Wort im Brief: Grellgrün.

Alice steht der Mund offen.

- Dann hätte ich gern ein grellgrünes Brautkleid.

Burr wirft ein Bein hoch.

- Du zeigst einen ausgezeichneten Sinn für Farben.

Henriette streicht sich das Haar aus dem Gesicht.

- Jede Frau träumt von einem grellgrünen Kleid.

Weng formt mit beiden Händen ein O, als würde er eine

Kugel halten.

- Diese Farbe ist für mich die schönste.

Jonna spielt mit dem Brieföffner.

- Ich bin erleichtert, dass er euch gedient hat.

Ein Mann kommt auf leisen Sohlen.

- Hallo, ich bin Arno Kirschmann.

Er trägt einen geblümten Schlafanzug und bringt eine Tasche.

- Findet eine Hochzeit statt?

Alice wirft ihm einen Blick zu.

- Ja. Könnte ich ein Brautkleid haben?

Kirschmann öffnet die Tasche.

- Es ist nett von dir, mich zu fragen.

Burr zappelt um ihn herum.

- Ich bin extrem neugierig und kann überhaupt nicht warten, es zu sehen.

Henriette nimmt ihm die Tasche aus der Hand

- Wenn du erlaubst, werde ich es auspacken.

Kirschmann lässt seine Arme fliegen wie Schmetterlinge.

- Danke für deine Freundlichkeit!

Weng reißt die Verpackung auf.

- Ich kann dir helfen, wenn du willst.

Jonna zieht das Kleid heraus.

- Grellgrün hat eine natürliche Eleganz!

Kirschmann steht mit gesenktem Kopf.

- Ja, die Farbe ist voller Geist und Zuversicht.

Alice stellt sich auf ein Bein.

- Gib mir das Kleid bitte!

Burr schiebt die Knie auseinander.

- Ich bin mir sicher, dass du darin wie eine Prinzessin aussiehst.

Henriette läuft in den Wald.

- Ich sammle Blumen.

Weng winkelt den rechten Fuß an.

- Es ist das, was wir einen Hochzeitsstrauß nennen.

Jonna stößt den Brieföffner wie einen Degen in die Luft.

- Ich sehe gern Hochzeiten.

Kirschmann räkelt sich.

- Deine Stimme klingt verträumt.

Alices Blick ruht auf Huch.

- Wie klingt eigentlich deine Stimme?

Er hebt die Hände.

- Ganz gut.